LA

PLANCHE DE SALUT

LILLE. — L. LEFORT

ÉDITEUR.

LA

PLANCHE DE SALUT

In-12. 3e Série.

La planche de salut

Je viendrai panser votre bras tous les deux jours.

LA

PLANCHE DE SALUT

PAR Mme BOURDON

TROISIÈME ÉDITION

Souvenez-vous de votre Créateur pendant les jours de votre jeunesse, avant que le temps de l'affliction soit arrivé, et que vous approchiez des années dont vous direz : Ce temps me déplait. ECCLÉSIASTE XII.

LIBRAIRIE DE L. LEFORT

IMPRIMEUR, ÉDITEUR

LILLE
rue Charles de Muyssart
PRÈS L'ÉGLISE N.-DAME

PARIS
rue des Saints-Pères, 30
J. MOLLIE, LIBRAIRE-GÉRANT

LA

PLANCHE DE SALUT

I

Les adieux

Écoutez, mon fils, les instructions de votre père, et n'abandonnez point la loi de votre mère.
PROVERBES.

On était au mois d'octobre 1831. Dans une assez jolie maison de la petite ville de Belley en Bugey, trois femmes, assises dans une salle basse, auprès d'une fenêtre ouverte, s'occupaient avec une silencieuse activité, à préparer les principaux vêtements d'un trousseau de jeune homme. Chemises, cravates, bas, mouchoirs, foulards passaient tour à tour par leurs mains laborieuses ; chaque boutonnière était examinée, chaque couture parcourue d'un œil vigilant ; on marquait avec soin chaque pièce des lettres H. D. ; et des mains des deux jeunes filles, l'ouvrage passait à celles de leur mère, qui y donnait la dernière inspection. Mais cette revue ne se faisait pas sans que quelques larmes ne coulassent à la dérobée sur les joues de la bonne mère ; elle s'interrompait parfois, disant :

« Quand mon pauvre Horace sera loin, qu'est-ce qui prendra soin de lui ?

— Il sera donc bien longtemps absent, maman ? dit la petite Victorine.

— Plusieurs années ; il ne faut pas moins de temps pour être reçu docteur en médecine. Ce sont de longues études, oui, longues et coûteuses, qui exigent beaucoup de sacrifices et causent beaucoup d'inquiétudes.

— Des sacrifices, maman ?

— Oui, ma fille ; tu sais bien que nous ne sommes pas riches ; l'emploi qu'occupe ton père aux Eaux-et-Forêts est peu rétribué, et désormais il nous faudra, sur notre budget, prélever au moins douze cents francs par an, pour subvenir aux études de votre frère.

— Bonne maman, nous économiserons ! dit l'aînée des sœurs, Lucile, en serrant la main de sa mère. Puis, Horace réussira ; il a tant de dispositions !

— Oui, j'augure bien de son avenir, j'espère qu'il deviendra un homme instruit et un homme de bien ; mais cependant, que de craintes!

— Mon Dieu! que crains-tu, maman? Horace est si bon!

— Je crains qu'on ne me le gâte à Paris, qu'il n'y oublie Dieu et ses parents....

— Oh! maman, tu es injuste! mon frère qui t'aime tant! qui craint tant de te faire de la peine ou de ne pas contenter papa!

— Ah! je connais bien le cœur de mon fils! Mais il est si jeune et, partant, si faible!

— Oui, maman; mais nous mettrons la sainte Vierge de notre côté.... je la prierai tous les jours pour Horace.

— Et moi, dit la bonne mère en levant les yeux au ciel, je n'ai cessé de le faire dès l'instant de sa naissance, et désormais avec quelle nouvelle ardeur je prierai pour mon fils loin de moi!

— Ne t'afflige pas, chère maman, songe au jour, au beau jour où mon frère reviendra se fixer près de nous.... Il sera bon, savant, accompli, sa clientèle se formera, elle sera nombreuse... Il lui faudra une des plus jolies maisons de Belley, puis un cheval pour aller dans les campagnes, car on le demandera de tous les côtés... nous le verrons tous les jours; il viendra, ses courses finies, se reposer le soir sous le berceau du jardin et faire une partie d'échecs avec papa... le dimanche nous dînerons ensemble... puis il se mariera, monsieur mon frère ; il te donnera une fille et à nous une sœur qui t'aimera presque autant que moi... nous serons tous alors parfaitement heureux ! »

Mme Didier écoutait ce rêve du pot au lait avec une mélancolique complaisance ; mais l'avenir, quelque doré qu'il fût, ne parvenait pas à faire oublier le présent et ses amertumes; enfin, elle secoua la tête et repartit :

« Pourvu qu'il soit fidèle à Dieu ! »

Les trois dames travaillèrent pendant quelque temps en silence, préoccupées de pensées diverses, mais qui toutes se rapportaient sur le même sujet.... Enfin Victorine s'écria : « Voilà papa et mon frère. »

M. Didier et son fils entrèrent. Horace alla aussitôt embrasser sa mère. C'était un beau jeune homme de dix-neuf ans ; grand, robuste et leste comme un vrai montagnard, ayant sur les joues la fraîcheur et dans les yeux la gaieté de la jeunesse ; intelligent mais étourdi, bon mais faible, entrant dans la vie sans être armé contre elle. Il était partagé en ce moment entre le regret de quitter ses parents si bons et si tendres, et le désir de voir Paris et de vivre dans une complète indépendance. Cependant il se proposait bien de n'user de cette précoce liberté que pour voir, étudier, apprendre; les projets qu'il formait auraient reçu l'approbation du moraliste le plus austère, tout en excitant peut-être un sourire de doute et d'incrédulité, provoqué par la fâcheuse connaissance de la faiblesse et de l'instabilité humaines.

Le dernier repas où devait s'asseoir le fils et le frère tant aimé fut triste ; on ne parlait guère, on mangeait encore moins, et lorsque la table fut desservie, toute la famille se rangea autour du foyer où brûlait un feu de pommes de pin. M. Didier prit la parole, et dit, en s'adressant à son fils :

« Horace, tu nous écriras tous les quinze jours.

— Oui, papa.

— Tu nous tiendras bien au courant de ce qui te concerne, mon frère.

— Oui sans doute, et toi aussi, tu ne me laisseras pas manquer de nouvelles ?

— Je te le promets.

— Tu nous ouvriras ton cœur, mon enfant, tu nous écriras avec confiance, n'est-ce pas !

— En doutes-tu, chère mère ?

— Ah ça ! Horace, je n'ai pas besoin de te recommander le travail et l'économie ; le travail, car ton sort à venir dépend de ces quelques années d'études ; l'économie, car nous ne sommes pas riches ; il nous serait impossible de venir à ton aide, si, par malheur, tu contractais des dettes. Je compte donc sur toi, mon fils.

— Horace sait qu'il me mettrait la mort dans l'âme s'il ne se conduisait pas bien, ajouta la bonne mère.

— En homme d'honneur.

— En chrétien. N'oublie pas Dieu, mon fils, afin que Dieu ne t'oublie pas.

— Ne fais pas tes connaissances à la légère, mon garçon ; sois prudent avant de donner ta confiance et ton amitié, car les amis déteignent ; gare à nous s'ils ne sont pas bons !

— Soyez tranquille, papa, je travaillerai, je vivrai à l'écart, vous serez content.

— Ne néglige jamais tes devoirs envers Dieu, mon enfant.

— Non, maman.

— Tiens, voilà une médaille de la sainte Vierge que j'ai fait bénir pour toi ; porte-la sous tes vêtements, et demain, à Lyon, si tu le peux, va entendre la messe à Notre-Dame-de-Fourvières à mon intention. »

La voix de la mère se brisa à ces mots, qui lui rappelaient que le lendemain son fils serait loin d'elle. On demeura en silence, ne jouissant plus du bonheur d'être ensemble, préoccupés par l'idée de la séparation prochaine. Dix heures sonnèrent à la vieille horloge ; la diligence qui devait prendre Horace allait passer... Bientôt, on entendit dans le lointain le bruit de grosses roues... le jeune homme embrassa son père et sa mère, puis les embrassa encore, ne pouvant se séparer du bon père, son instituteur et son ami, de la bonne mère, son refuge et sa joie ; ses sœurs eurent leur tour ; il caressa Phœbé, la chienne de la maison ; il jeta autour de lui un long regard, comme pour dire adieu à la demeure familière et chérie... la diligence s'arrêta : toute la famille se pressa à la porte, entourant le pauvre voyageur, et sans qu'il sût comment, échangeant des adieux et des recommandations, le cœur oppressé, les lèvres tremblantes, le futur étudiant fut casé dans la lourde voiture, qui bientôt l'entraîna. La famille désolée rentra dans la maison, qui semblait morne comme un sépulcre. Mme Didier s'approcha d'une fenêtre restée ouverte, et, regardant les montagnes que la lune éclairait, le Mont-Cenis couvert d'une neige éternelle, et semblable, dans le lointain, à un blanc nuage, elle s'écria : « Quand reverra-t-il tout cela ? quand reviendra-t-il ? O Dieu, veille sur lui ? »

II

Le compagnon de voyage

> Celui dont le cœur n'est pas pur perd le goût du bon et du beau.
> *Sainte-Foi*, HEURES SÉRIEUSES.

La diligence arriva vers le matin à Lyon, et l'on accorda une heure aux voyageurs pour le déjeûner. Horace en profita aussitôt, afin d'accomplir la promesse faite à sa mère, et il se mit à gravir la raide montée de Fourvières. Il entendit la messe dans le célèbre sanctuaire, au pied de cette gothique image invoquée sous le beau titre de *Notre-Dame de Bon-Conseil*. Il lui recommanda son avenir; il lui recommanda surtout les bons parents qu'il venait de quitter et qui s'entretenait sans doute de l'absent bien-aimé. Il pria avec foi; mais ne connaissant pas les périls qui menaçaient sa jeunesse, peut-être n'éleva-t-il pas au ciel ce cri puissant : *Seigneur, sauvez-moi!* qui revêt l'homme faible d'une force toute céleste. Il ne craignait rien, car il se sentait jeune, pur et de bonne volonté, et il se reposait sur une force que rien n'avait éprouvée, sur des principes dont nul n'avait contesté la valeur, sur une bonne volonté que la tentation n'avait jamais ébranlée. La messe finie, Horace redescendit vers la ville, et il ne tarda pas à reprendre sa place dans la voiture. Elle allait partir, lorsqu'un nouveau voyageur se présenta. Ce *tard-venu* sauta lestement dans la voiture, un cigare à la bouche, un bonnet grec incliné sur l'oreille, et il jeta autour de lui des regards curieux. Avisant Horace, blotti dans un coin, il s'écria :

« Et quoi ! est-ce toi, mon cher ? où vas-tu donc ? à Paris ? on te donne enfin la volée ?

— C'est toi, Paul ? » répondit Horace qui venait de reconnaître dans le nouveau venu un jeune homme de Lyon, nommé Paul Delahaye, allié de loin à sa famille, et qui, étudiant de troisième année, s'en allait reprendre ses cours à Paris.

« Qui serait-ce ? répondit à haute voix l'étudiant, si ce n'est ton camarade Paul, fort heureux de tourner le dos à la seconde ville de France pour s'en aller vers la première. Nous allons mener joyeuse vie là-bas. Je te mettrai au courant, tu verras. Nous logerons ensemble, si tu le veux ?

— Bien volontiers, » répondit Horace, heureux de penser que dans l'isolement du grand Paris, il allait trouver un compatriote, un parent, presque un ami.

« J'espérais bien faire route avec toi ; car j'étais averti de ton prochain départ par nos parents communs, et je comptais même que tu serais venu me prendre en passant. Que diantre as-tu donc fait à Lyon, pendant cette mortelle heure consacrée au déjeûner des voyageurs et des chevaux ?

— Je suis allé à Fourvières.

— A Fourvières ! c'est à merveille, mon cher Horace ; mais à Paris nous te mettrons hors de page, je ne dis que cela. A Fourvières !... c'est excellent ! »

Horace n'osa point répliquer ; il avait répondu simplement à la question qu'on lui faisait ; mais lorsqu'il s'aperçut que sa réponse provoquait tant de gaieté, il n'eut pas le courage de défendre cette démarche, non-seulement devant son cousin, mais encore devant les quelques voyageurs qui prêtaient à ce débat une oreille curieuse.

Au premier relai, Paul vint s'asseoir à côté de lui, et pendant tout le voyage il l'entretint de Paris, de sa vie de liberté, de plaisirs, de folies.... Bien des choses dans ces descriptions déplaisaient à Horace ; bien des détails choquaient la délicatesse et la pureté de ses sentiments ; mais cependant il les écoutait, et c'était déjà trop, car il est certains dangers où il est plus sûr et plus prudent de fuir que de combattre, et où celui qui s'expose au péril est presque à demi vaincu.

Les discours de Paul étaient en opposition avec

tous les principes inculqués à Horace par des parents remplis de religion et d'honneur; il entendait, dès le premier jour de son voyage, bafouer tout ce qu'il révérait, exalter ce qu'il avait cru jusqu'alors méprisable; il voyait, livrées à la moquerie les vertus que, durant une chaste adolescence, il s'était efforcé d'acquérir; les dernières recommandations de son père, les touchantes prières de sa mère étaient regardées par son camarade comme le radotage de deux vieillards ignorants, de deux *perruques*, selon l'argot du jour. Le pauvre Horace se débattait en vain, le poison s'infiltrait dans son cœur. Le mal venu du dehors trouve toujours en nous un complice; car, hélas! les passions sont bien fortes, et la volonté bien faible: on semble vouloir repousser vigoureusement l'attaque, et la mollesse de la résistance indique assez qu'on a en soi un ennemi domestique disposé à trahir et à livrer la place.

Les jeunes gens arrivèrent enfin à Paris. Paul alla reprendre son ancien logement au quartier latin, et Horace trouva dans la même maison une chambre, logement banal qui avait vu se succéder de nombreuses générations d'étudiants. Il s'y installa avec un sentiment triste et presque désolé; cette chambre, aux tentures fanées, aux meubles écornés, flétris; ce lit d'une propreté douteuse; cette cheminée maussadement ornée des bustes de Voltaire et de Rousseau, en plâtre, tout cet intérieur disgracieux reportait la pensée du jeune homme vers le foyer paternel, vers les jours de vie paisible et d'intimes jouissances. Le pauvre Horace, lorsque sa porte fut bien fermée et close aux importuns, lorsqu'il fut bien seul, se prit à pleurer, pensant à sa vie de famille, à ses montagnes austères, à sa petite chambre, que ses sœurs arrangeaient avec tant de soin, de goût et d'amitié, et à ces jours heureux qui ne se terminaient pas sans qu'il eût pressé la main de son père, reçu le baiser de sa mère, et adressé une prière à Dieu. Ce moment de chagrin raviva tous ses souvenirs, ranima tous ses élans vers le bien, et bannit de sa pensée Paul et ses discours, Paris et ses plaisirs; Horace ne songea plus qu'à l'étude sérieuse et constante qui devait, après quelques années, lui rouvrir le chemin de son pays et les bras de sa famille.

Dès le lendemain, il prit ses inscriptions, acheta des livres et aborda courageusement la science noble et difficile à laquelle il voulait se consacrer.

III

L'étudiant

La bonne doctrine attire la grâce ; la voie des moqueurs mène au précipice.
PROV. XIII. 15.

Les premiers mois se passèrent assez bien, les heures de travail étant consacrées à des études sérieuses et multipliées ; les heures de loisirs, à la visites des monuments et des collections que Paris offre à la curiosité des étrangers. Horace ne trouvait pas le temps de s'ennuyer ; il se familiarisait peu à peu avec sa vie nouvelle, tout en conservant les salutaires habitudes de sa vie d'autrefois. L'étudiant était encore le bon et le candide jeune homme de Belley, intimement convaincu des vérités religieuses et des principes moraux que des parents éclairés, des maîtres consciencieux s'étaient efforcés de lui inculquer ; il pratiquait des devoirs que dès l'enfance on lui avait appris à chérir ; mais une qualité manquait à sa fidélité, c'était le courage de la montrer à tous les yeux. Il rougissait d'être bon, en voyant que presque tous étaient mauvais, et il ne trouvait pas en son cœur ce noble orgueil qui brave le sarcasme, qui foule aux pieds le respect humain, qui se rit des attaques du monde, lorsqu'il s'agit d'obéir à Dieu. Oh ! qu'il est rare de nos jours ce courage civil, ce courage qui fait le chrétien et l'honnête homme ! Assez, assez de braves s'élanceront à la bouche d'un canon, au sommet d'une redoute; assez affronteront la mort sur le champ de bataille ou sur les flots; assez envieront ce trépas glorieux, reçu pour l'honneur du drapeau; assez d'autres même iront, dans un combat singulier, donner leur vie en paiement d'une injure; assez regarderont l'épée qui va les percer, sans que leur cœur palpite, sans que leur pouls s'élève, ce courage, en France, est vulgaire; bien plus que l'esprit, il court les rues; mais l'âme sérieuse, intrépide en ses convictions, qui ne recule pas devant le rire ironique ou le mot plaisant d'un ami, cette âme, où la trouverons-nous ?

Cependant que s'agit-il de défendre ? la loi d'un Dieu. Que s'agit-il de braver ? la plaisanterie d'un homme. Si, pour faire des cohortes de martyrs, il ne fallait que braver l'échafaud, assez de chrétiens s'en disputeraient la gloire; mais si, pour être fidèles, il faut se moquer d'une moquerie, presque tous reculent. Les premiers chrétiens, nos pères dans la foi, ont rencontré pourtant les mêmes obstacles; non-seulement on les égorgeait, mais encore on les raillait; que de bonnes plaisanteries les beaux esprits de Rome, de Corinthe et d'Alexandrie, n'ont-ils pas faits sur ces Galiléens, ces *demi-morts*, affaiblis par le jeûne et les veilles, ces fous, qui fuyaient le luxe et les honneurs, ces humbles disciples d'un pauvre pêcheur, que Néron raillait tout en les brûlant, que Julien raillait tout en les proscrivant. Dans l'histoire de l'Eglise militante, l'outrage accompagne toujours le supplice : le divin Maître ne fut-il pas raillé jusque sur la croix? Mais jadis ces insultes trouvaient des âmes fières qui les méprisaient et qui ne craignaient pas plus le ridicule qu'elles ne craignaient la mort; aussi ces chrétiens, simples et forts, firent-ils la conquête du monde, tandis que des âmes lâches, nées en un siècle énervé, laissent périr entre leurs mains ce flambeau de la foi, si précieux à leurs pères. Trop souvent elle succombe, cette foi adorable, moins par la malice de ses ennemis que par la faiblesse de ses enfants.

Horace était du nombre de ces faibles qui rougissent de leur propre vertu et sont prêts à s'en défendre comme d'une mauvaise action. Dès qu'il s'aperçut que, chez la plupart de ses condisciples, s'avouer chrétien était une anomalie, il cacha le mieux qu'il put ses principes et déroba à tous les regards les actes qu'ils lui dictaient. Il plaça au fond d'une armoire le *Paroissien* et l'*Imitation* que sa pieuse mère avait fait relier pour lui, à son chiffre; il alla le dimanche à la messe, de grand matin, à la dérobée, dans une église éloignée; il s'abstint entièrement de suivre les instructions chrétiennes, vers lesquelles le portait cependant un grand attrait pour l'éloquence de la chaire. Un certain scupule l'éloigna encore de certains plaisirs; mais que la barrière était faible, que la limite était peu distincte; qu'elle devait être bientôt franchie!

Un dimanche matin, au moment où Horace achevait de s'habiller, on frappa à la porte de la chambre, et il reconnut la voix de Paul Delahaye. « Entrez! dit-il aussitôt.

— Mon cher, dit Paul en entrant, je viens te chercher : nous avons une jolie partie à Montmorency, et je compte que tu seras des nôtres. Edmond, Auguste et Adolphe sont chez moi, on n'attend que toi.

— Mais je ne puis.... je ne saurais en ce moment.... je te remercie, Paul.

— Quoi! tu ne peux pas! qu'est-ce à dire? qui t'empêche?

— J'ai affaire. J'allais sortir.

— Pour aller où? à pareille heure; allons donc! »

En disant ces mots, Paul jeta les yeux autour de lui, et ils tombèrent sur le *Paroissien* déposé sur la table. Il le prit, se mit à rire et dit : « Je devines ; vas à la messe, c'est là ton affaire... Tiens, mon cher, tu devrais être accroché aux jupes de ta mère, tu es assez petit garçon pour cela. »

Horace avait rougi jusqu'au front, et décontenancé, timide, il paraissait en effet très-petit garçon. « Que veux-tu, Paul? répondit-il en hésitant.

— Je veux que tu sois homme et que tu marches sans lisières.

— C'est une habitude d'enfance... ma mère m'a fait promettre....

— Ta, ta, ta, tu as peur d'être grondé par M. le curé, car tu te confesses aussi, je parie, nigaud? »

Horace rougit encore davantage, et d'un ton presque suppliant : « Laisse-moi aller.... je vous rejoindrai, je te le promets....

— Il s'agit bien de cela ! maintenant ou jamais ! allons, Horace, sois homme, ne contrarie pas tes amis, tes camarades pour des contes de nourrice. Veux-tu que demain tout le cours se moque de toi ? sois bon enfant, viens.... d'ailleurs, tu as besoin de distractions, après une semaine d'études, et notre joyeuse partie t'égaiera un peu plus que la messe. Tu iras dimanche, si tu veux, et aux vêpres et au sermon ; mais pour aujourd'hui, viens. »

Ces menaces, ces instances triomphèrent de la chancelante résolution du pauvre Horace. Il remit son paroissien sur la cheminée et sortit avec Paul.

On nous dispensera de décrire cette partie de campagne, premier anneau d'une triste chaîne. Horace s'étourdit et crut s'être amusé ; de temps en temps, sa conscience réveillé lui rappelait la sainteté du jour violé, ses promesses enfreintes ; mais il secouait la tête, disant :

« Bah ! ce n'est que pour une fois ! »

IV

La lettre de Lucile

Que vous a donc fait Dieu, pour
que vous quittiez son service?....
Sainte-Foi, HEURES SÉRIEUSES.

Horace se trompait; le proverbe, *Une fois n'est pas coutume*, se démentit pour lui; il avait mis le pied sur une pente glissante, et, privé d'appui, il ne tarda pas à être entraîné. Tous ces prétendus plaisirs qu'il avait fuis, bientôt lui devinrent familiers; il ne choisit plus ses compagnons, il les accepta tels que les lui offraient les occasions; fort heureux d'être trouvé par tous un *bon vivant*, un *bon enfant*, il fut de toutes les parties, il ne se refusa à aucun amusement; il le fit d'abord par faiblesse et par condescendance aux goûts de ses amis, puis par désœuvrement et par besoin de s'étourdir. Il descendit rapidement la pente funeste qui conduit au désordre; le respect humain l'avait poussé, le penchant naturel vers la mollesse et vers le plaisir fit le reste.

En se séparant de son Dieu par une faute mortelle, par une transgression formelle de la loi, Horace avait perdu cette grâce puissante qui agit en nous, qui aide notre volonté fragile, qui combat le mal et qui rend la vertu attrayante et facile. Grâce inestimable, trésor remis au chrétien le jour de son baptême, grâce chère et redoutable à la fois, dont chaque inspiration est payée de tout le sang de Jésus-Christ! Il l'avait foulée aux pieds, et en la perdant il avait perdu l'amour de la retraite, de l'étude et des nobles plaisirs.

Autrefois il chérissait la solitude que peuplait l'image de ses bons parents; maintenant il la fuyait comme une compagne importune; il évitait le souvenir de sa famille et surtout celui de sa mère, que la connaissance de ses désordres plongerait au tombeau! Autrefois il chérissait l'étude; maintenant il n'y apporte plus qu'un esprit distrait, un cerveau fatigué. Autrefois il économisait pour acheter un bon livre, pour secourir une pauvre famille; maintenant l'argent donné à grand'peine, ménagé soigneusement par son père, ne suffit plus à ses divertissements; tous les jours le café, les spectacles, les bals dévorent impitoyablement ses minces ressources. Pauvre enfant prodigue dépouillé de son brillant héritage, il se voit en proie à une faim dévorante que rien ne peut assouvir!

Le peu de foi gardée comme une étincelle au fond de cette âme ne tarda point à s'obscurcir. Horace repoussait d'ailleurs toutes les idées, toutes les réflexions que faisait parfois surgir en lui son éducation première; il saisissait avidement les systèmes que l'on prêchait autour de lui, et s'efforçait de croire qu'il ne fallait rien croire. Les jeunes gens qui l'entouraient appartenaient, pour la plupart, à l'école matérialiste ; par un étrange contresens, ces hommes, sans cesse aux prises avec le chef-d'œuvre du Créateur, avec le corps humain, osaient soutenir, en présence de ce merveilleux organisme, que le hasard seul est Dieu! Esprits aux courtes vues, ils nommaient *néant* ce qui n'est que *mystère* ; ils expliquaient l'ouvrage sans vouloir reconnaître l'ouvrier. Pourtant, que de leçons éloquentes ils recevaient chaque jour, lorsque sur les bancs de l'école, à l'amphithéâtre, ils interrogeaient ces organes parfaits, ces rouages compliqués et nombreux, cette maison à l'admirable structure où l'âme de l'homme habite pendant quelques jours! Indifférents et sceptiques, ils promenaient le scalpel dans cette œuvre, tombée la dernière des mains de Dieu; ils réfléchissaient, ils scrutaient curieusement cette poussière qui, elle aussi, avait vécu et servi d'instrument à la pensée; ingrats, ils niaient le Créateur devant sa création, ils niaient l'âme, tout en exerçant ses facultés.

Comme eux, Horace se plut à croire que tout ce

que sa généreuse jeunesse avait embrassé d'une si ferme foi n'était qu'une erreur; comme eux, il éloigna la pensée de Dieu, le souvenir de ses jugements; comme eux, il voulut se persuader que tout finissait lorsque s'éteignait le dernier souffle de vie, que l'avenir de l'homme s'arrêtait brusquement au tombeau, et que ses fautes ne pouvaient exercer nulle influence sur son avenir. Il chercha la paix, non comme autrefois, dans la foi et dans la confiance, mais dans le doute et la négation. Pourtant cette paix n'était qu'apparente; la moindre circonstance suffisait à la troubler; une lettre comme celle qui suit attristait Horace pour longtemps :

« Belley, 31 mai 1832.

» Cher et bon frère,

» Le beau mois de mai est près de finir, et je ne puis mieux le terminer qu'en venant m'entretenir un moment avec toi. D'ailleurs, ton souvenir l'a rempli tout entier; plus que jamais j'ai pensé à toi, aux pieds de l'image de Marie; plus que jamais j'ai prié pour toi notre aimable Mère. Nous nous sommes réunies, maman, Victorine et moi, pour faire en commun les exercices de ce mois de Marie; mais tu m'as bien manqué, dès le premier jour, lorsqu'il s'est agi de préparer le petit autel près duquel nous nous agenouillions tous les soirs. L'an dernier, tu m'avais apporté tant de si belles fleurs! des digitales, des rhododendrons, d'autres fleurs des montagnes; chaque jour amenait sa gerbe, et notre autel était toujours éclatant et parfumé. Maintenant il faut que je me contente des fleurs du jardin, et, tu le sais, elles sont en petit nombre; l'agréable est, chez nous, sacrifié à l'utile; les carrés de légumes empiètent sur les parterres de fleurs, et les choux prennent le pas sur les roses. Il faut bien se soumettre à sa position; nos bons parents ne sont pas riches, ils doivent tirer parti de tout. Je me résigne à n'offrir à ma chère sainte Vierge que de pauvres bouquets, mais donnés de grand cœur et de bonne volonté. Puis, je dis quelques prières de plus pour faire compensation; les hymnes, comme le *Salve Regina*, l'*Ave maris stella*, sont aussi des fleurs, fleurs de poésie bien agréables sans doute à la Reine des Anges.

» Que te disais-je? Je parlais de nos bons parents. Plus je grandis, mieux je comprends nos obligations à leur égard; ils nous aiment tant! Pour nous, ils se privent de mille petites jouissances; en nous est tout leur espoir, tout leur avenir. Si nous sommes bons, si nous sommes heureux, ils seront satisfaits. C'est sur toi particulièrement, Horace, que reposent leurs espérances : comme ils désirent tes succès, comme ils attendent ton retour! Ils ne parlent que de toi; mais, va, je ne suis point jalouse, je partage toutes leurs préoccupations. Si tu leur faisais de la peine, ils en mourraient, je crois. Grâces au Ciel, nous n'avons rien à craindre; car je suis bien sûre que tu es toujours le même, et que tu n'as qu'un désir, celui de terminer vite tes études, afin de revenir auprès de nous et de rendre papa et maman heureux par ta présence et tes soins. A propos, tu as eu à Paris un brillant mois de Marie? que de bons sermons tu auras entendus, toi qui aimes tant un discours éloquent sur un beau sujet! tu me raconteras cela à ton retour.

» Victorine te fait une bourse, et maman ne s'est pas acheté de robe nouvelle cette année, afin de pouvoir te donner de nouvelles chemises. Elle dit que de pareilles privations sont un bonheur. Oui, pour l'âme d'une mère, ou même celle d'une sœur, surtout si elle aime son frère comme je l'aime.

Adieu, et réponds-moi exactement; dis-moi ce que tu fais, ce que tu penses; j'espère que nous n'aurons jamais rien de caché l'un pour l'autre.

» Ta sœur,

» LUCILE. »

Les lettres de sa sœur, si naïves, les lettres de son père, de sa mère, si pénétrées de tendresse, quelques autres circonstances encore, remplissaient de fiel la coupe où s'enivrait Horace. Rejeté en arrière, ramené violemment vers son ancienne vie, il songeait alors avec angoisse aux espérances de ses parents, aux illusions de leur amour et à l'affreuse déception qui les attendait. Il éprouvait ce que le remords a de plus poignant, ce que la honte a de plus amer; mais la force lui manquait pour se relever de ses fautes et changer les remords inutiles en un fructueux repentir. Parfois aussi, l'exemple d'un ou deux camarades fidèles à la religion et au devoir venait lui retracer tristement ce qu'il aurait pu être; il les regardait avec envie; il voyait leur calme, le sérénité, la tranquille dignité de leur caractère qui avait su résister aux tentations et au respect humain, et il se disait :

« Je voudrais être comme eux, mais je ne le puis.... »

Souvent, on tombe par excès de présomption, et l'on ne peut se relever par excès de défiance.

Horace arriva ainsi jusqu'à la fin de l'année scolaire; il attendait l'époque des vacances avec craintes, car il lui semblait qu'il ne pourrait pas voiler sa conscience aux regards de sa mère : depuis tant d'années, elle avait l'habitude d'y lire à livre ouvert! D'un autre côté, il se réjouissait de quitter Paris, où il commençait à éprouver des humiliations, suites ordinaires du désordre : il avait contracté des dettes; il y avait certaines personnes qu'il craignait de rencontrer, certaines rues où il évitait de passer : embarras honteux qu'il n'eût jamais connus en restant fidèle à ses principes, coups d'épingles plus cruels que des blessures, et qui sont le juste châtiment d'une vie sans frein et sans règle. Triste, la conscience mal à l'aise, regrettant le temps dépensé, redoutant les jours à venir, Horace quitta Paris, en compagnie de Paul Delahaye ; pendant toute la route, il débattit la question : « Faut-il ou non avouer mes dettes à mon père ? » et il arriva sans avoir rien résolu.

V

Les vacances

> Personne ne peut goûter une joie bien assurée, s'il n'a en soi le témoignage d'une bonne conscience. IMIT. LIV. I.

La maison de M. Didier était en fête ; Lucile, Victorine s'occupaient à dresser le couvert, comme aux jours les plus solennels ; leur mère, assise auprès de la fenêtre ; les yeux tournés vers la rue, semblait livrée à une joie tellement vive qu'elle prenait les apparences de la douleur. Son cœur battait, ses mains tremblaient ; une faible rougeur envahissait son front et ses joues chaque fois que se faisait entendre dans le lointain le roulement d'une voiture ; elle se tournait de temps en temps du côté de ses filles pour leur faire quelques recommandations semblables à celle-ci :

« Avez-vous cueilli des pêches ?

— Oui, maman, Victorine les arrange.

— Crois-tu que les truites n'auront rien perdu de leur fraîcheur ?

— Non, maman.

— Horace les aime.

— Chère mère, vous tuez le veau gras pour mon frère, et pourtant ce n'est pas un enfant prodigue !

— Que veux-tu ? c'est une faiblesse peut-être, mais je veux faire fête à ce pauvre enfant, qui depuis un an ne s'est assis qu'à la table des restaurants à vingt-deux sous.

— Horace sera si content de se trouver parmi nous !

— Mon fils nous aime. Je suis sûre que Paris n'a pas changé son cœur. Je craignais, je tremblais lorsqu'il est parti, il y à dix mois.... Maintenant je suis rassurée.... ses lettres sont si bonnes !

— Depuis quelques mois, maman, mon frère nous a écrit moins régulièrement.

— Il est vrai, ses études l'en auront empêché ; mais il pensait à nous, j'en suis bien sûre.

— Maman ! maman ! interrompit la petite Victorine, voilà la diligence de Paris ! »

A ces mots tant désirés tout s'émut. La bonne mère se leva si tremblante, qu'elle dut prendre le bras de Lucile ; Victorine sautait de joie ; M. Didier ouvrit la porte de son bureau et vint rejoindre sa femme et ses filles, attendri comme elles, mais plus calme. La voiture approchait ; sa lourde masse fit trembler les vitres et gronder le payé ; elle s'arrêta devant la maison.... Un jeune voyageur sauta lestement à terre, et franchissant la porte laissée ouverte, il vint se jeter entre les bras de ses parents.

Aux premières et silencieuses caresses succédèrent les exclamations. On trouvait Horace changé, grandi, développé. L'adolescent avait presque fait place à l'homme accompli. Cependant l'œil inquiet de la mère parcourait ces traits chéris :

« Tu es pâle, dit-elle enfin. Tes yeux sont fatigués.

— C'est qu'Horace a travaillé, ma chère amie. Tu veilles peut-être? ajouta M. Didier en se tournant vers son fils.

— Oui.... papa.... » répondit l'étudiant, embarrassé malgré lui de l'explication indulgente que l'on donnait au changement de ses traits.

« Maman, interrompit Lucile, vous êtes servie. »

On se mit à table; Horace fut le héros de la fête. Il connaissait assez les habitudes de ses parents, pour voir, dans la recherche inusitée de ce repas, de quelle joie les remplissait son retour; et sa conscience, qui n'avait pas encore eu le temps de s'endurcir, lui répétait fréquemment :

« Es-tu bien digne de tant de bontés? mérites-tu d'inspirer tant de confiance? crois-tu que tes parents auraient autant de bonheur, s'ils connaissaient ta conduite? Tu voles leur estime, et tu n'es plus celui à qui s'adresse tant d'affection! »

Horace s'efforçait de chasser ces réflexions importunes, mais elles renaissaient sans cesse en dépit de ses efforts. Lorsque son père, le prenant par le bras, lui montrait son petit vignoble, son étroit verger, lui expliquait les améliorations qu'il projetait pour l'année prochaine, lui parlait enfin comme au futur chef de la famille, Horace se disait :

« Si mon père savait que j'ai fait des dettes, que dirait-il, lui si rigide ? » Lorsque sa mère, lui parlant avec une intime confiance, l'entretenait de Dieu, de ses pieuses lectures, lui disait mille pensées tendres et saintes, écloses dans son cœur, il répondait avec embarras, avec contrainte, car il se répétait encore :

« Si ma mère savait où j'en suis!... Si elle connaissait le fond de mes idées! avec ses opinions, elle en mourrait! » Lorsqu'il se trouvait avec ses sœurs, c'était peut-être encore pis, car le pauvre Horace, archange déchu, ne pouvait plus s'élever à la hauteur de tant de pureté. Quelquefois, se rappelant les enseignements de ses amis de Paris, il aurait voulu rire de la simplicité de mœurs et de l'austérité d'idées qui régnaient dans sa famille, mais il sentait, en dépit de lui-même, que là se trouvait le beau, l'aimable et le vrai; que rien n'était plus noble que la mâle intégrité de son père, l'abnégation de sa mère, et la candide simplesse de ses jeunes sœurs.

Les deux mois de vacances se passèrent assez

bien ; les changements que l'on pouvait remarquer dans le caractère, les manières et l'extérieur d'Horace furent mis sur le compte des études absorbantes auxquelles il s'était livré. Il se conformait en apparence aux opinions et aux usages de ses parents, et l'affection réelle et profonde qu'il leur témoignait aurait suffi à les rassurer, s'ils avaient conçu quelques inquiétudes. Le terme de ces jours de loisir approchait, lorsqu'un matin Horace, en se promenant dans le verger, vit venir à lui son père, une lettre à la main. La figure de M. Didier était sévère, et ce fut du ton le plus froid et le plus sérieux qu'il dit à son fils :

« Lisez cette lettre ! »

Horace la prit en hésitant, et rougit en la lisant.

La lettre, adressée à M. Didier père, était écrite par un tailleur de Paris, qui réclamait une somme de cinquante francs à lui due par Horace.

« Cette lettre dit-elle vrai ?

— Oui, mon père.

— Ainsi, vous avez des dettes ?

— Je l'avoue.... pardonnez-moi, mon père.... ma pension est fort petite.... il y a des entraînements auxquels il est difficile de résister.

— Votre pension est petite, il est vrai ; mais elle forme cependant le tiers de notre revenu, et pour vous la donner, votre mère et vos sœurs s'assujettissent à mille sacrifices.

— Je le sais, mon père, j'ai eu tort....

— Je souhaite, Horace, que vous compreniez non-seulement le tort de conduite que vous avez eu, mais le tort de cœur qui est venu s'y joindre par le manque de confiance envers nous.

— Je craignais de vous affliger.

— Crainte tardive! il fallait la concevoir avant de vous abandonner à un désordre ruineux et déshonorant. Mais brisons là. Cette dette est-elle la seule?

— Mon père....

— Répondez-moi avec sincérité, si vous le pouvez.

— J'avoue.... que je dois encore quelques petites choses.

— Lesquelles?

— Cinquante francs à Paul Delahaye, trente francs à un bottier, dix francs à un autre camarade.

— Est-ce tout?

— Oui, mon père.

— Ne parlez de rien à votre mère; il est inutile de l'affliger, et venez, le jour de votre départ, me trouver dans mon cabinet. »

En disant ces mots, M. Didier s'éloigna, laissant Horace assez décontenancé. La froide sévérité de son père, ce dialogue sans récriminations et sans reproches, lui faisaient peur : il sentait que, chez un esprit rigide, tel que celui de M. Didier, cette indulgence tenait de bien près au mépris. Ce fut avec anxiété qu'il attendit le jour de son départ; obéissant à l'ordre de son père, il alla le trouver dans son cabinet. M. Didier était assis devant son bureau ; deux piles d'écus de cinq francs étaient rangées devant lui ; il les montra du doigt à Horace, et lui dit :

« Voici la somme nécessaire au paiement de vos dettes. Vous aurez soin de m'envoyer, aussitôt votre retour, les mémoires acquittés.

— Mon père, que de grâces j'ai à vous rendre !.. Comment vous remercier ?...

— Souvenez-vous qu'à l'avenir je ne paierai plus aucune dette ; quelles que soient vos folies, vous en subirez les conséquences.

— Jamais, mon père, jamais je ne retomberai dans ces erreurs.

— Je le souhaite ; mais il faudra plus et mieux que des promesses pour rétablir l'estime où je tenais autrefois votre délicatesse et votre loyauté. »

Horace, confus, baissait les yeux. Lorsqu'il les releva, ils se portèrent vers la cheminée, et le jeune homme s'aperçut qu'elle était dépouillée de son plus bel ornement : une montre à secondes que son père aimait beaucoup. Un trait de lumière pénétra à la fois dans son esprit et dans son cœur.

« Mon père ! s'écria-t-il, je crains bien que cet argent ne vous ait coûté un grand sacrifice ? votre montre....

— Il est vrai, j'ai du la vendre.

— Que de regrets ! mon père, pouvez-vous me pardonner ?

— Je vous pardonne, Horace; à vous désormais à reconquérir mon estime. Conduisez-vous bien, travaillez, vivez en homme d'honneur, et vous trouverez un ami dans votre père. Adieu maintenant. »

Il tendit la main à son fils, qui, pénétré de respect et de repentir, aurait voulu la recevoir à genoux. Une heure après, il partit, encore tout embaumé des caresses de sa mère et de ses sœurs, et presque déterminé à revenir pour jamais au bien, afin de ne plus usurper l'amitié de sa mère, et de pouvoir paraître, le front levé, sous les regards paternels.

VI

Rechute

Et le dernier état de cet homme devin pire que le premier. MATTH. XII. 45.

Ces bonnes dispositions durèrent quelque temps; les vacances avaient rafraîchi dans l'esprit d'Horace les images d'honneur et de vertu; elles l'avaient replacé dans un milieu moral où le bien, l'honnête, le bon semblaient contagieux; et, tant que ces tableaux occupèrent son cœur, tant que ces voix de la famille vibrèrent en son sein, il s'isola des sociétés mauvaises et vécut avec l'étude et avec ses souvenirs. Mais la conversion d'Horace n'était pas complète, car elle manquait de la base solide des convictions religieuses; il n'était pas converti, car il n'était pas revenu à Dieu, *en qui est tout le bien*; ses penchants conservaient toute leur force, sans que la grâce divine, la crainte et l'amour du Seigneur vinssent leur donner un puissant contre-poids.

Peu à peu les résolutions conçues à Belley s'effacèrent, les amis, les compagnons reprirent leur empire ; les plaisirs décevants captivèrent de nouveau les sens et l'imagination du pauvre Horace ; il reprit le chemin des cafés, des spectacles, des salles de bal, rendez-vous de la mauvaise compagnie ; il se livra aux ébats d'une gaieté grossière, et à force de secouer à ses oreilles les grelots de la folie, il s'étourdit et se crut heureux. Triste et trop vulgaire préparation à un état qui, par la dignité de mœurs qu'il réclame, est presque un sacerdoce ; fâcheux préambule à une vie qui doit être toute consacrée à de sévères devoirs ! Horace chérissait sa profession future, sans comprendre tout ce qu'elle exige de gravité, de discrétion, de délicatesse et de probité ; car il manquait, en toutes ses idées, de ce sérieux et de cette profondeur que le christianisme inspire à nos pensées.

Qu'est-ce, d'ailleurs, que l'étude, que le travail qu'un but surnaturel ne spiritualise pas ? Ne vivre que pour ce monde, oh ! le triste labeur ! oh ! la décevante fatigue ! oh ! le salaire incertain et passager ! C'était là ce qu'Horace ne comprenait plus ; son horizon s'était rétréci en même temps que son cœur, — ce cœur dont il avait chassé Dieu ! Ainsi peu à peu s'effaça le souvenir de ses résolutions, de ses promesses, et les premiers mois de cette seconde année continuèrent ce que la première avait si malheureusement commencé.

VII

L'Hôtel-Dieu

> Si jamais vous avez vu mourir un homme, songez que vous passerez aussi par le même chemin. IMIT. LIV. I.

La vaste salle des blessés à l'Hôtel-Dieu était silencieuse ; les malades semblaient dans l'attente car la visite du médecin en chef venait de commencer. Il s'avançait, suivi des principaux élèves de son cours, parmi lesquels se trouvait Horace. Tous, les yeux fixés sur le maître, épiant ses paroles doctes et sérieuses ; il allait d'un lit à l'autre, interrogeant les pauvres patients, et faisant à son jeune auditoire quelques réflexions sur les cas divers qui se présentaient. Tout à coup, une sorte de rumeur s'éleva à l'extrémité de la salle : quatre hommes portant un brancard entrèrent, et les sœurs, aidées par les infirmiers, déposèrent sur un lit un malade qui semblait privé de sentiment. Le docteur se dirigea aussitôt vers le nouvel arrivé : c'était un jeune homme de dix-huit ans à peine ; il souffrait sans doute d'une fracture interne, car quoiqu'on ne vît ni sang ni plaies, il semblait néanmoins aux portes de la mort.

« C'est un pauvre maçon, dit la sœur à voix basse ; il a fait une chute terrible. »

Le médecin en chef l'examina et dit :

« Fracture de l'épine dorsale.... ma sœur ; faites avertir M. l'aumônier. Où est l'élève de service ? »

Horace se présenta.

« Restez auprès de cet homme, monsieur, et donnez-lui les premiers soins. Si un accident survient, vous m'avertirez. »

Horace obéit ; il s'empressa auprès du pauvre blessé, qui lui inspirait un sentiment de compassion sincère, et bientôt il le vit sortir de cet évanouissement, rappelé à la vie bien moins par les secours qu'on lui prodiguait, que par les douleurs aiguës auxquelles il était en proie. Il ouvrit des yeux déjà ternes et voilés et les porta autour de lui.

« Mon Dieu ! que m'est-il arrivé ? dit-il d'une voix plaintive. Oh ! que je souffre !

— Vous avez fait une chute, vous êtes à l'Hôtel-Dieu.

— Ah ! oui, je me souviens... j'ai glissé sur l'échafaudage... Seigneur ! que j'ai mal !

— Soyez tranquille, on prendra bien soin de vous.

— Mon bon monsieur, je crois que j'ai mon

compte... cela ne me ferait rien pour moi... mais mon père et ma mère! ils ne savent pas où je suis... »

Il se tut, épuisé par cet effort; les soubresauts nerveux de son pauvre corps brisé faisaient trembler le lit; une pâleur livide s'étendait sur ses joues, et la sueur perlait sur son front. Horace, ému de compassion, lui prit la main et dit :

« Où demeurent vos parents? j'irai les voir, leur donner de vos nouvelles.

— Rue de Cléry, 71; vous demanderez Pierre Dubois, c'est mon père.

— J'irai, je vous le promets.

— Que le bon Dieu vous le rende.... pour moi, je ne les verrai plus, c'est fini... mes pauvres parents... »

Il ne put continuer; la souffrance était trop forte. Horace lui serra encore la main et recula pour faire place à l'aumônier. Au bout de dix minutes, le prêtre dit à la sœur :

« Préparez tout ce qu'il faut pour l'administration des sacrements. » Et il sortit.

Le jeune homme paraissait plus calme; il priait, et il essayait de lever vers le crucifix ses yeux couverts d'un nuage. On entendit dans le lointain la sonnette qui annonçait l'approche de la sainte Eucharistie; les sœurs s'agenouillèrent; on vit les têtes pâles des blessés se dresser sur leurs chevets et s'incliner au passage du saint Ciboire; le jeune mourant semblait attendre avec une confiante paix; l'aumônier lui adressa quelques paroles, fit les saintes onctions sur ses membres brisés et lui donna le Pain de vie. Après quelques instants de recueillement, le blessé leva la tête, chercha Horace d'un regard vague, et lui dit :

« N'oubliez... pas... mes parents... je voudrais travailler encore pour eux... dites-leur... »

L'agonie commença, elle ne fut pas longue; Horace lui-même rejeta le drap sur ce front si jeune et si promptement dévoué à la mort; il était plus ému qu'il n'aurait voulu le paraître: la jeunesse et les bons sentiments du pauvre maçon l'avaient impressionné; il se sentait inférieur à cet enfant qui, mourant, ne songeait qu'à sa mère, lui qui oubliait les leçons et les exemples de la sienne.

Rempli de ces pensées, il prit le chemin de la rue de Cléry et chercha le n° 71. C'était une haute et noire maison, dont l'entrée était formée par une allée commune à tous les locataires. Horace monta résolument six étages, car une officieuse voisine l'avait averti que Pierre Dubois logeait sous les toits; il arriva sur un carré faiblement éclairé et frappa à la porte à gauche.

« Entrez! » lui répondit-on.

Il poussa la porte et se trouva dans un pauvre galetas où tout respirait la misère, la misère qu'aucun soin ne déguise plus. Un vieillard était couché sur un grabat; une vieille femme était assise auprès de lui ; un petit enfant dormait dans un misérable berceau. A l'attitude du mari et de la femme, Horace crut deviner qu'ils connaissaient en partie le malheur qui venait de leur arriver ; il ne se trompait pas. La femme, le voyant, se leva et dit avec une inquiète vivacité :

« Monsieur, nous apportez-vous des nouvelles de mon fils ?

— Oui, ma bonne femme, et je voudrais qu'elles fussent meilleures.

— Il n'est pas en danger ?... les camarades m'ont dit qu'il n'avait presque rien, qu'on ne lui voyait pas de plaie.... »

Horace baissa les yeux.

« Je vais y aller, je vais y aller sur-le-champ, dit la femme avec agitation ; je n'osais pas laisser mon mari tout seul, parce que, voyez-vous, monsieur, c'est un pauvre infirme, mais maintenant... mon pauvre François ! »

Elle se disposait à sortir ; Horace l'arrêta :

« N'y allez point, » dit-il.

La femme la regarda avec des yeux hagards : elle entrevoyait la vérité :

« Monsieur, dit à son tour le vieillard, est-ce que... ? » Il n'osa pas achever.

« Mon François est mort ! je le vois bien ! » s'écria la pauvre mère.

Le vieillard, dont une paralysie embarrassait la langue, ne pouvait presque pas parler ; mais se tournant vers la muraille, il gémit avec des sanglots à fendre le cœur. L'enfant réveillé par ce bruit se mit à crier.

« Pleure, va, pauvre innocent, dit la vieille Agathe ; qui te nourrira maintenant ? il est mort, ton bon parrain, ton second père, nous n'avons plus qu'à mourir aussi. »

Une explosion de douleur déchirante succéda à ces paroles ; la vieille mère, la tête cachée sous son tablier, sanglottait avec cet abandon familier aux personnes du peuple, qui n'ont pas appris dès l'enfance à jeter un voile sur leurs sentiments les plus vifs et les plus profonds. Le nom de François se mêlait à ses gémissements, et ce nom bien-aimé ouvrait de nouvelles sources de larmes dans le cœur du pauvre père. Il pleurait avec amertume, et ses mains jointes et paralysées ne pouvaient pas essuyer ses pleurs. Sa femme s'en aperçut, et, d'un coin de son tablier, elle voulut étancher les larmes qui voilaient les yeux de son mari ; tandis que ses mains tremblantes soulevaient la tête du vieillard, elle s'écriait :

« Qui te servira désormais, mon pauvre homme ? qui te consolera, qui t'égaiera ?.... Que deviendrons-nous, pauvres vieux, livrés à nous-mêmes ! que serons-nous sans notre François ?... François est mort ! mon Dieu ! »

Horace, pour distraire sa douleur, lui fit quelques questions sur sa position.

« François, répondit-elle, était notre seul gagne-pain. Il nourrissait son père infirme, moi qui suis sans cesse malade, et ce malheureux orphelin, fils de sa sœur. Le père de cet enfant a été tué au cloître Saint-Méry; sa mère, notre fille, est morte en couches.... et le voilà maintenant misérable pour la vie, privé de son protecteur.... Ah! monsieur, il n'y avait pas deux François au monde! c'était si bon, si gai, si laborieux.... quand je pense, quand je pense.... »

Elle ne put achever, Les inquiétudes pécuniaires se mêlaient à sa douleur; elle pleurait à la fois le fils unique, et le soutien, le nourricier de son vieux père et du petit enfant au berceau. Cette douleur était communicative comme toutes les douleurs vraies, et elle excita dans le cœur d'Horace une étrange sympathie. Il lui parut tout à coup que cette famille délaissée, cette mère malheureuse l'intéressaient plus que toute autre chose au monde, et qu'il eut renoncé sans regret à tous ses plaisirs pour alléger un peu de si grands maux. Poussé par le besoin impérieux d'apporter quelque consolation là où il y avait une si juste douleur, il dit à Agathe :

« Votre fils, en mourant, vous a recommandés à moi : je désire faire quelque chose pour vous; je vous donnerai dix francs tous les mois, et voici le premier mois que je vous prie d'accepter. »

Et il posa deux pièces de cinq francs sur la table, deux pièces destinées à payer des billets de spectacle, et dont il fit généreusement le sacrifice, entraîné par une irrésistible pitié. Agathe le regarda avec surprise et voulut le remercier, mais sa reconnaissance fut une nouvelle explosion de douleur.

« Mon pauvre François, répétait-elle, c'est toi qui nous vaut encore cela ! Merci, mon bon monsieur, merci ! mais, Seigneur, est-ce possible, je ne verrai plus mon pauvre enfant venir m'apporter sa paie du samedi ?... je ne le verrai plus !.... »

Horace dut s'arracher enfin à ce spectacle de douleur. Il promit de revenir ; et s'éloigna, à la fois plus triste et plus content qu'il ne l'avait été depuis longtemps.

VIII

Lettres de Belley

> Heureux l'homme à qui Dieu donne une sainte mère. LAMARTINE.

Avant que d'être charitable, il faut être juste. Horace éprouva bientôt la vérité de ces paroles ; il vit combien il est difficile de concilier les œuvres de miséricorde avec une vie de désordre, et lorsque le mois fut révolu, il ne trouva point en caisse les dix francs qu'il avait promis aux pauvres vieillards. En outre, il avait contracté de nouvelles dettes chez un traiteur, et il devait le prix de son logement. Deux mois devaient s'écouler avant qu'il touchât de l'argent, et pendant ce temps comment vivre, comment payer ? Ces pensées le poursuivaient nuit et jour ; une juste fierté l'empêchait de s'adresser de nouveau à ses camarades, qu'il n'osait pas appeler ses amis ; l'image du pauvre Dubois et de sa femme, attendant, sous leur triste mansarde, le secours que semblait leur léguer leur fils; cette image surtout oppressait le cœur d'Horace. Il y pensait continuellement, et à force d'y penser, il vit qu'il n'y avait qu'une issue pour sortir de ce labyrinthe : c'était un humble et sincère aveu adressé à ses parents.

Après de longs débats avec lui-même, il s'y résolut, il écrivit; il confessa ses fautes ; mais plein de confusion, il n'osa pas renouveler ses promesses de réformation, si mal tenues, et auxquelles son père ne pourrait plus accorder de confiance. La lettre écrite, il alla aussitôt la jeter à la poste, ne voulant plus revenir sur ce parti pris, et puis il attendit la réponse, il l'attendit avec anxiété. Pendant ce temps, il ne sortit de sa chambre que pour aller aux cours ; ses plaisirs ordinaires étaient sans saveur, la gaieté de ses compagnons l'attristait, le soleil même lui faisait peine à voir ; les reproches de sa conscience auraient jeté un voile sur le jour le plus brillant. *L'âme tranquille*, dit le Sage, *est un festin continuel.* Hélas ! Horace n'avait connu le prix de cette joie, de cette paix intime, qu'en les voyant fuir loin de lui ; il avait dédaigné ces biens précieux alors qu'il les possédait, et maintenant il se demandait avec surprise, avec effroi : « Pourquoi donc suis-je triste ? »

La réponse arriva enfin. Horace trembla lorsque, sur la lettre que lui présentait le portier d'un air rechigné, il reconnut le timbre de Belley et l'écriture de sa sœur. Son père n'avait donc pas daigné lui écrire ! et sans doute il faisait signifier par Lucile le refus dont il avait menacé son fils. Plusieurs papiers tombèrent de la lettre. Horace les posa sur la table et lut la lettre ; mais il s'aperçut aussitôt qu'elle était d'une main vénérée ; il reconnut l'écriture inégale et tremblante de sa mère.

« Ton père vient de me communiquer ta dernière lettre, Horace, et je n'ai pas besoin de te dire de quelle amertume elle a rempli mon cœur. Dieu me punit : j'étais trop fière de toi, trop heureuse de tes succès d'enfant ; sans doute, je ne lui aurai pas assez demandé pour toi la vertu, la défiance de tes propres forces, l'obéissance à sa sainte loi ; sans doute, j'aurai apporté à l'autel un cœur plein d'orgueil, plein de désirs temporels, et voilà qu'il me frappe — par tes mains, toi, mon fils, en qui résidait ma gloire et ma joie.

» Que d'espérances déçues, mon pauvre et cher enfant ! avais-tu donc oublié ta mère, lorsque tu te livrais ainsi à tes passions ? et surtout avais-tu oublié Dieu ? Reviens à lui, mon fils, à ce Dieu toujours prêt à pardonner.... Tu l'aimais tant autrefois ; ne t'en souvient-il plus ? Le jour de ta première communion, tu semblais tout embrasé d'amour pour ton Sauveur ; tu me disais à moi-même, le soir assis sur mes genoux : « Je veux être chrétien ! » l'as-tu donc oublié ? Etre chrétien, tu le sais, c'est être pur, chaste, modéré; c'est savoir commander à sa volonté et à ses sens, les assujettir sous le joug de la raison; c'est maintenir dans un juste équilibre les désirs de son cœur; c'est surmonter courageusement les assauts des passions..... Qu'ai-je besoin d'en dire d'avantage? Tu es instruit bien plus que je ne le suis; tu connais tes devoirs.... mon Horace, sont-ils donc si difficiles à remplir? Mais, je l'espère, tes torts ne seront qu'un égarement passager; tu reviendras au Dieu si bon qui a béni ton enfance; il t'attend, il t'appelle, tu sais qu'il est toute miséricorde, et qu'il a des sentiments de père à l'égard de nous tous, pauvres pécheurs. Ne crains rien, cher enfant, ne crains rien de sa justice, car tu vis, tu as le temps de réparer, Adresse-toi à sa bonté avec une filiale confiance; prie, prie, et tu seras exaucé; tu recevras des forces suffisantes pour combattre tes ennemis; tu sentiras l'onction de la grâce adoucir tes peines; tu seras content de toi, et tu combleras de joie ta mère qui t'aime si tendrement.

» Tu trouveras sous ce pli un billet de banque de cent francs; il suffira à solder tes dettes.... Mais, mon fils, si tu en faisais encore, où trouverais-je de quoi les payer?....

» Mais non, j'augure mieux de l'avenir; mon fils me sera rendu... Maintenant un mur de séparation s'élève entre nous : oh! hâte-toi de le renverser. Adieu, mon enfant; ne te laisse pas abattre, reprends courage, et songe à Dieu et à ta mère qui prie pour toi.

» MARIE DIDIER. »

Horace fut atterré par cette lettre si tendre ; il lui eût préféré mille fois des reproches sanglants, et la douceur attristée de sa mère lui parut plus redoutable que la froide sévérité de son père. Il prit la seconde lettre : elle était de Lucile.

« Oh ! mon cher frère, qu'as-tu fait ! quelle peine viens-tu de causer à nos bons parents ! Hier, papa est entré dans la chambre ; il avait l'air si sombre et si sévère que j'en fus glacée jusqu'au fond de l'âme. « Lisez ! » dit-il en donnant une lettre à ma mère. Je regardai un peu, je reconnus ton écriture. Maman lut, mais pas jusqu'au bout ; elle dut s'interrompre, car elle fondait en pleurs, et rien que de voir les grosses larmes rouler sur ses joues pâles, d'entendre les sanglots étouffés qui soulevaient sa poitrine, j'avais le cœur déchiré. Elle répétait : « Horace ! mon pauvre enfant ! » — Mon Dieu, maman, dis-je, est-il arrivé un malheur à mon frère ? — Mieux vaudrait, » répondit mon père. (Pardonne-moi de te répéter ce mot ; tu verras combien notre père est affligé.)

» Enfin maman prit la parole et dit : « Mon ami, qu'allez-vous faire ? — Rien du tout, répliqua mon père. J'ai payé une première fois les dettes d'Horace ; vous l'avez ignoré, ma chère amie, parce que j'ai voulu ménager votre sensibilité ; mais votre fils est prévenu que je ne lui ouvrirai pas ma bourse une seconde fois. — Mais comment fera-t-il ? s'écria maman avec effroi. — Il recevra la dure leçon qu'il s'est attirée ; je ne le plains pas. »

» A ces mots, maman parut encore plus affligée. Elle parla longtemps à mon père, elle le supplia ; enfin, ému de sa douleur, il lui dit : « Je vous donne carte blanche, ma chère amie ; tentez un effort ; je veux croire avec vous que cette nouvelle bonté fera impression sur votre fils. »

» Alors, Horace, maman t'a écrit ; mais d'abord elle avait bien prié à l'église, et bien prié ici. Elle a rassemblé un peu d'argent dont elle pouvait disposer, et elle t'envoie par ce courrier lettre et billet. Mon bon frère, je t'en conjure, ne lui fais plus de peine, car elle souffre à proportion de l'amour qu'elle a pour toi. Nous sommes tous bien tristes : papa est grave, maman a les yeux rouges ; moi, j'ai toujours peur, comme si un accident funeste allait arriver ; et même la pauvre petite Victorine a perdu sa gaieté, elle n'ose plus ni sauter ni rire. Nous dépendons de toi ; notre bonheur, celui de nos bons parents tient à ta bonne conduite ; j'en suis bien sûre, tu ne voudras pas les affliger plus longtemps ! C'est si affreux de faire pleurer un père, une mère qui n'ont jamais eu pour nous que tendresse et bonté ; c'est manquer au quatrième commandement et s'attirer les châtiments réservés aux enfants ingrats. Dieu nous en préserve tous les deux !

» Adieu, frère bien-aimé ; rends la joie à nos cœurs, et surtout à celui de

» Ta meilleure amie,

» LUCILE. »

Quand Horace eut lu ces lettres, il pleura longtemps.

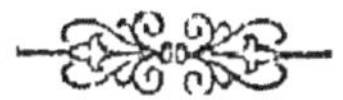

IX

Le numéro 113

> Veillez; car le démon, votre ennemi, tourne autour de vous comme un lion rugissant, cherchant qui il pourra dévorer.
>
> S. PIERRE.

Horace, dès le lendemain, se rendit chez le traiteur, auquel il devait un mois de dîners, et il le paya. Le restaurateur à vingt-deux sous, la grande ressource des étudiants, lui rendait le surplus du billet de cent francs, lorsque Paul Delahaye s'approcha du comptoir, et voyant ce qui se passait, il prit amicalement Horace par le bras et sortit avec lui. Lorsqu'ils furent dans la rue, Paul dit à son compagnon : « Tu as donc reçu de l'argent ?

— Tu le vois.

— Et que comptes-tu en faire ?

— Régler quelques petits arriérés, et puis vivoter tout doucement.

— Beaux projets et dignes d'un sage ! Mais il faudra que tu appartiennes, non à l'Ecole de médecine, mais à celle des stoïques ou des pythagoriciens, pour vivre jusqu'à la fin du trimestre avec les quelques écus que tu viens de mettre en poche.

— Et comment faire?

— Comment faire? je te le dirai. Viens toujours. »

Horace se laissa domicilement emmener, vieille habitude de faiblesse et d'obéissance contractée envers son ami. Ils arrivèrent au Palais-Royal, dont les galeries regorgeaient de promeneurs. Paul ne s'amusa pas à contempler les brillants magasins, les riches étalages, les mille fantaisies inventées par la mode et le caprice, il alla directement vers une maison qui lui semblait connue et qui portait le numéro 113. Sans dire mot à Horace, il l'emmena; tous deux entrèrent dans la maison, montèrent l'escalier, franchirent un sombre corridor, éclairé, quoiqu'on fût en plein jour, par un bec de gaz, et ils entrèrent dans une grande chambre où quelques hommes se trouvaient réunis. Horace jeta les yeux autour de lui avec curiosité, car il ignorait complétement où il se trouvait. C'était une salle tapissée et meublée autrefois avec magnificence, mais la tenture rouge, le lustre doré, les cadres des glaces avaient perdu depuis longtemps leur première fraîcheur. Une grande table carrée occupait le milieu de la pièce; au haut bout était assis un homme en habit noir, qui avait devant lui quelques pile d'écus de cinq francs, un rouleau d'or et une liasse de billets de banque; un rateau d'ivoire se trouvait à portée de sa main. D'autres hommes étaient debout ou assis autour de la table, les yeux attachés sur des cartes qu'ils tenaient dans les mains; on n'entendait rien que ces mots :

« Rouge — noir — je tiens — je perds — je gagne, » et le bruit grinçant du rateau qui s'allongeait pour ramener vers le banquier l'argent qu'il gagnait. Tout cet ensemble respirait la tristesse, le vice; les voix exprimaient tantôt une joie cruelle, tantôt une anxiété voisine du désespoir. C'était une salle de jeu.

Paul, qui semblait au fait des us et costumes de la maison, s'approcha vivement de la table; Horace le suivit, et comme il se souvenait sans doute de l'horreur que professait son père pour le jeu et pour les joueurs, il dit timidement à son ami :

« Nous n'allons pas jouer, j'espère ?

— Et pourquoi pas ?

— Mais.... c'est une spéculation tout à fait immorale.

— Ah! ah!.... et ajoute que tu crains de risquer ton argent, n'est-ce pas ?

— Oh! non! s'écria Horace, humilié qu'on pût le soupçonner de prudence.

— Tu ne crains pas de risquer quelque chose? A la bonne heure, mon brave Horace, je te reconnais ! c'est, crois-moi, le seul moyen de te tirer d'affaire et de doubler, de tripler, de quadrupler ton capital. Dis, veux-tu ?

La bonne résolution d'Horace était fondée sur un sol trop mouvant pour que sa faible volonté pût résister à la séduisante perspective qu'on lui offrait. Il fit un pas en avant, il s'approcha de la table, il regarda les tas d'or et d'argent, négligemment amoncelés sur le tapis vert, et la convoitise s'alluma dans son cœur. Ah ! pour la détruire à jamais, il eût suffi de jeter un regard observateur sur les figures qui entouraient la table et où se lisaient les plus sombres passions ! L'un des gagnants était un vieillard à la figure pâle et usée comme les pièces de cinq francs élevées en pile devant lui. Une seule expression restait gravée sur ce masque terne : c'était celle d'une cruelle ironie ; il se complaisait aux tourments de ses partners, jouant devant lui un drame qui paraissait l'amuser beaucoup ; cette gaieté, digne de l'enfer, était l'unique émotion de ce cœur glacé. Le reste des joueurs se composait d'hommes de mauvaise mine et de mauvais aloi, spadassins, chevaliers d'industrie, fripons à l'allure hardie, portant à la boutonnière, pour mieux éblouir les pauvres dupes, le ruban d'un ordre étranger ; des provinciaux, des jeunes gens, malheureux étourneaux attirés par le leurre décevant de l'or, étaient mêlés à ce groupe, et risquaient sur une carte, leur honneur s'ils perdaient, le repos de leur avenir si une chance favorable encourageait leur funeste passion.

Paul et Horace se placèrent devant la table et manifestèrent l'intention de prendre part au jeu. Ils placèrent vingt francs sur la noire, et la fortune se tourna subitement de leur côté. En peu d'instants, la somme fut triplée. Horace aurait désiré se retirer, mais Paul ne voulut pas consentir ; depuis longtemps dominé par la fureur du jeu, il ne vivait qu'au milieu de ses émotions violentes, soit que le succès l'exaltât jusqu'à la fièvre, soit que la perte l'exaspérât jusqu'à la rage. Horace, quoique un peu intimidé, ne tarda pas à prendre sa part dans ces vives sensations. Pâle, l'œil fixe, le cœur palpitant, l'oreille tendue, il était tout entier aux chances véritables du jeu ; en une heure il perdit et gagna plusieurs fois, ressentant tour à tour des sentiments tumultueux de crainte et de joie. Enfin, Paul Delahaye, ayant fait un bénéfice assez fort, dit à Horace :

« Partons maintenant.

— Déjà ! répondit l'étudiant, captivé par la passion du jeu, qui entrait dans son âme.

— Oui, oui, la veine va tourner ; partons, te dis-je. »

Paul noua son argent dans son foulard. Pendant cette opération, les yeux d'Horace se portèrent sur un jeune homme debout en face de lui, et qui, pendant une demi-heure, avait tenu pour le rouge toujours en perte. La toilette de ce jeune homme était simple, son air probe et doux; mais en ce moment sa figure bouleversée exprimait un trouble affreux, un espèce d'étonnement voisin du désespoir. Il tenait à la main un portefeuille semblable à ceux des garçons de recette; il le regardait sans voir.... Ce portefeuille, d'où il avait tiré plusieurs billets de banque, était-il à lui? était-ce un dépôt?.. Horace se faisait mentalement cette question, quand le jeune homme, sortant de sa sinistre rêverie, cacha le portefeuille vide sous son habit et se précipita vers la porte:

« Voilà un monsieur qui n'a pas l'air content, dit froidement un des joueurs.

— La Seine est là, répliqua le vieillard à l'air moqueur; allons, messieurs, au jeu!

— Partons, » répéta Paul.

Horace le suivit, pénétré d'une secrète horreur.

« Connaissais-tu ce jeune homme? dit-il à son compagnon.

— De vue seulement: il gagne souvent; aujourd'hui il a perdu, c'est une chance à courir.

— Ciel! que fera-t-il?

— De trois choses l'une: ou il s'expliquera avec son patron, qui lui pardonnera; ou ses parents, s'il en a, paieront pour lui; ou il se jettera à la Seine, comme le disait M. Dolbec.

— Tu crois donc qu'il a joué de l'argent qui ne lui appartenait pas?

— Cela se voyait assez.

— C'est affreux.

— Tu en verras bien d'autres.

— Mais.... quelquefois. Avoue que le moyen est bon ; me voilà hors d'embarras... pour quelques jours. »

Horace soupira et ne répondit rien. Sa joie avait eu la durée d'un feu-follet ; morne, taciturne, il rentra chez lui, se coucha promptement, sans oser réfléchir, et pendant toute la nuit il lui sembla voir sous des formes diverses, la figure du malheureux joueur, qui dressait au chevet de son lit, pendant que le vieux Dolbec riait en grinçant les dents, que le rateau ramassait l'argent, et que la voix du croupier retentissait comme un sinistre tocsin.

X

La Planche de salut.

Le lendemain, au sortir d'un sommeil pénible, Horace fit son budget et régla ses comptes. Grâce au sacrifice que sa bonne mère s'était imposé, il pouvait faire face aux nécessités les plus pressantes; mais il ne lui était pas possible de penser sans émotion à ses bons parents qui faisaient tant pour lui; car, élevé dans les principes d'une morale sévère et raisonnée, Horace voyait, à chacun de ses torts, surgir devant lui le précepte qu'il violait. Eloignant toutefois ces idées trop tristes, il ne s'occupa qu'à régler l'emploi de ses fonds. Il paya quelques vieilles dettes, acheta des livres et des instruments de chirurgie dont il avait un pressant beoin, et déposa au fond d'un tiroir la faible somme qui lui restait et qu'il destinait aux éventualités de l'avenir. Cela fait, il se rendit au cours, et y assista, moins distrait peut-être que la veille, car il était délivré des soucis matériels, mais gardant toujours sur le cœur ce poids inexplicable qu'y amassent des fautes graves et consenties. O conscience! boussole de la vie, heureux qui te choisit pour guides dans les incertitudes d'ici-bas, et qui t'obéit, quelque impérieuses que puissent être tes lois!

La journée touchait à son terme; Horace retournait chez lui, lorsqu'il se rencontra face à face avec Paul Delahaye, qui lui dit vivement :

» Je te cherchais.... allons vite.

— Où donc.

— Eh! mais, au Palais-Royal, au n° 113.

— Tu voudrais encore jouer!

— Sans doute, j'espère que la veine sera bonne, il faut en profiter. Je risquerai le gros jeu, aujourd'hui.... allons, viens. »

Horace hésitait.

« N'as-tu pas d'argent, par hasard? » dit Paul avec impatience.

Horace tira sa bourse et l'ouvrit, il avait dix francs.

« Cela suffit... d'ailleurs, je te ferai une avance que tu me rendras sur le gain.... partons! »

Et il prenait le bras de son ami pour l'entraîner; mais Horace hésitait toujours. L'appât du jeu le tentait; il se souvenait des gains de Paul, de ses vives et poignantes émotions.... l'attrait de l'or, attrait fatal, parlait à son imagination; il était prêt à céder; déjà il avait enlacé le bras de Paul et se tournait du côté du Palais-Royal.... mais la vue de la rue où il se trouvait, le poids de la petite bourse qu'il tenait à la main, changèrent soudain le cours de ses idées. Cette rue était voisine de celle où demeurait Pierre Dubois ; cette bourse contenait juste la somme qu'il lui avait promise mensuellement, et que le pauvre couple attendait depuis si longtemps ; ces deux circonstances réunies donnèrent une autre tournure à ses résolutions. Il retira son bras, en disant : « Je ne puis t'accompagner aujourd'hui, j'ai une affaire qui m'appelle dans ce quartier. Au revoir ! »

Et, avant que Paul étonné eût pu dire un seul mot, Horace s'était perdu dans la foule; doublant le pas, il était arrivé à la demeure des pauvres vieillards. Ceux-ci l'accueillirent avec une nuance de plaisir qui perçait à travers l'atmosphère de chagrin dont ils paraissaient environnés.

« Vous voilà, mon bon monsieur ! dit la vieille Agathe, j'ai bien souvent pensé à vous.... J'y pense toujours, car c'est vous, c'est vous qui avez vu mon pauvre garçon à sa dernière heure.... Seigneur ! il ne me sort pas de l'esprit.... »

Elle soupira amèrement; son mari, par des regards pleins de tristesse, s'associait à la douleur de sa vieille compagne; il semblait plus malade que lors de la première visite d'Horace; ses yeux s'éteignaient, ses membres avaient perdu toute vigueur; il n'avait même plus la force de sourire aux ébats du petit enfant qui se roulait sur le plancher. En perdant leur fils, les vieillards avaient perdu plus que l'appui matériel : ils avaient perdu le soleil de leur pauvre maison, la gaieté de leurs cœurs flétris, le seul rayon de bonheur qui brillât sur leur vie. La bonne mère en revenait toujours là. Horace écoutait ses plaintes avec une sorte de respect, car c'était le sentiment le plus pur exprimé en termes incorrects ; on sentait l'âme d'une mère sous ce langage peu châtié, comme on devine une belle statue sous le voile grossier qui la couvre.

Encouragée par son attention et sa douceur, Agathe s'épancha de plus en plus, et, pour la première fois peut être, Horace sonda la profondeur des plaies du pauvre. Il s'étonna qu'on pût supporter tant de maux sans mourir, et lutter sans cesse contre des fléaux, toujours renaissants, sans perdre le courage ou la vie. Touché, intéressé, il s'enquit des moindres détails de cette existence laborieuse ; il connut le prix du pain, la cherté des loyers, l'exiguité des ressources, l'insuffisance des secours au temps de la maladie; mais il apprit en même temps à apprécier les rudes et simples vertus du pauvre, la force de l'âme, la résignation dans les maux de chaque jour, l'amour du travail, la sincérité du cœur et la solidité des affections.

Une heure s'était écoulée dans cet entretien avec la bonne Agathe ; le vieux Dubois, faible et fatigué, désirait se coucher. Horace, voyant l'embarras de la pauvre femme, trop faible pour aider efficacement son mari, vint à son aide et transporta le vieillard dans ses bras robustes. Il le posa sur le grabat, l'arrangea convenablement et voulut même panser une plaie que Dubois portait au bras. Ses soins, simplement offerts, furent simplement acceptés, et le jeune homme éprouva comme un sentiment de joie en voyant qu'il n'était plus étranger à ces braves gens.

« Je reviendrai bientôt ! » dit-il à Agathe.

« Oui, monsieur, n'y manquez pas, cela fera plaisir à mon pauvre homme. N'est-ce pas, Dubois ? »

Dubois inclina la tête, et sa figure hâve et pâle s'éclaircit un peu.

« A bientôt ! » répéta Horace en embrassant le petit enfant ; et il partit après avoir déposé les dix francs sur la tablette de la cheminée.

Tout le long du chemin, préoccupé par le souvenir de sa soirée, il pensa aux Dubois ; il fit mille plans pour leur donner un peu plus d'aisance ; il repassa ses leçons de médecine afin de se rappeler quelque traitement qui pût guérir le malade ; et, ainsi devisant avec lui-même, il s'en revint joyeux à sa maison.

Une raie de lumière brillait sous la porte de Paul Delahaye, et Horace crut l'entendre parler tout haut et avec violence. Surpris, il frappa un léger coup à la porte et entra au même instant. Paul se promenait dans la chambre, les bras serrés sur la poitrine; il était très-pâle, et ses yeux brillaient d'un éclat fiévreux.

« Ah ! ah ! c'est toi ! dit-il en voyant entrer son ami; tu as eu de l'instinct ce soir en ne venant pas avec moi.

— Que t'est-il donc arrivé? » s'écria Horace avec inquiétude.

« Oh ! rien, simplement que j'ai perdu au jeu.

— Perdu ! pas tout ce que tu possédais, j'espère?

— Tout, mon cher, absolument tout; ce que j'ai gagné hier, ma montre que j'ai vendue, cinquante francs que j'ai empruntés à Anatole, tout.... c'est un coup de filet pour Dolbec.

— Mon pauvre ami, que je te plains !

— Bah ! réjouis-toi plutôt de ne m'avoir pas accompagné ; je t'aurais entraîné dans ma chute.

— Mais aussi, Paul, pourquoi retourner dans cette maison?

— Vas-tu me sermonner? trève à tes réflexions, je ne suis pas d'humeur à les entendre. Bonsoir, je vais me coucher.

— A demain, Paul, » répondit Horace, qui ne voulait pas irriter davantage son malheureux camarade, dont il devinait le chagrin mal déguisé, sous des paroles moqueuses et acerbes.

Rentré chez lui, il ne put réprimer un sentiment de joie, semblable à celui d'un homme qui vient d'échapper à un grand péril. « Ainsi donc, se dit-il, si j'avais suivi Paul, comme il m'y engageait et comme j'en étais bien tenté, j'aurais probablement perdu à l'heure qu'il est tout ce que je possède, j'aurais contracté peut-être de nouvelles dettes, et je serais livré à la plus cruelle angoisse pour l'avenir!... au lieu de cela, quelle soirée douce et consolante n'ai je pas due à ces pauvres gens! ils étaient satisfaits de moi, et j'étais plus contents de moi-même... Je retournerai chez eux, certes, et bientôt! »

Horace travailla pendant quelque temps; et lorsque, à une heure assez avancée de la nuit, il fut sur le point de se mettre au lit, on entendait toujours, dans la chambre voisine, le bruit saccadé des pas, des exclamations, des blasphèmes qui, s'échappant des lèvres de Paul, témoignaient de ses tristes agitations.

Le lendemain, les jours suivants, Horace suivit assidûment les cours, et travailla chez lui avec un zèle non moins remarquable. Il sentit renaître en son âme le goût des études sérieuses et élevées. Son intelligence, qui s'était détournée de tout ce qui avait un caractère grave, et qui aurait fini par se dégrader entièrement, commençait à rechercher une atmosphère plus pure, et se reportait instinctivement vers des pensées plus dignes et un plus noble but.

Il chercha à régler ses dépenses, s'abstint de certains plaisirs, évita certaines compagnies, et apporta, dans toute son existence, plus de régularité et plus d'économie. Deux causes avaient contribué à amener ce merveilleux changement : le bien qu'il avait fait lui-même, le mal qu'avait fait un autre. La bonne œuvre qu'Horace avait entreprise l'intéressait bien plus que tous les amusements de Paris; il y trouvait une saveur que ne lui avaient jamais fait connaître les tristes et bruyants plaisirs; aussi, pour satisfaire à ce goût de bienfaisance, pour acheter à son malade quelques bouteilles de vin vieux, pour donner du bois à Agathe! une robe neuve au petit enfant, pour apporter un faible bien-être dans cet indigent ménage, il n'en coûtait pas à Horace de ménager avec soin ses propres dépenses; il devenait économe et prudent pour ses pauvres, et, se refusant aux tentations du dehors, il se livrait naturellement avec plus d'assiduité à l'étude, seule distraction qui lui restât.

L'exemple de Paul avait produit aussi un effet salutaire sur l'esprit du jeune homme; Paul, sans le vouloir et sans le savoir, avait porté le flambeau dans le sombre dédale des passions; malheureux, il avait éclairé son ami, sans s'éclairer lui-même, car une cruelle expérience ne l'avait point détourné des voies funestes où il se trouvait engagé.

Il s'enfonçait de plus en plus dans le désordre, vivant tantôt d'emprunts avilissants, tantôt du gain qu'il pouvait faire à l'aide des cartes. Horace le voyait peu et l'évitait sans affectation, car Paul subissait les conséquences de sa conduite : l'esprit, les manières, le langage se flétrissaient à la fois, et perdaient ce qu'ils avaient pu avoir autrefois de distinction et de charme ; et à mesure qu'Horace, sortant de cette fange, s'élevait vers les régions des sentiments honnêtes, purs et vrais, Paul s'abaissait aux pensées ignobles, aux spéculations viles, et ses idées habituelles se reflétaient sur son extérieur.

Sa santé même, consumée par les excès et par les veilles, commençait à faiblir, et à vingt ans il portait une âme flétrie dans un corps épuisé. Pauvre ilote, ivre du vin perfide des faux plaisirs, et qui montrait aux autres combien cette ivresse est dangereuse et fatale ! Horace surtout en fut frappé ; une espèce d'épouvante le saisissait parfois à l'aspect de son ami, et il se disait : « Voilà donc ce que je serai devenu !... Grand Dieu ! qu'eût dit ma pauvre mère ? »

Le changement opéré dans le caractère et les goûts d'Horace prit peu à peu de la consistance ; la réformation de ses mœurs se revêtit de l'heureuse et calme régularité de l'habitude. Rentrant dans l'ordre et dans la morale, il semblait dans son domaine, car il était noblement doué : les instincts les plus généreux habitaient dans son âme ; mais ces bons mouvements, ces aspirations vers le bien manquaient encore de la solidité qu'impriment seuls à la volonté les principes religieux.

A cette époque de sa vie, Horace, en faisant le bien, suivait un attrait naturel, un penchant heureux, comme naguère il suivait une pente, naturelle aussi, en se livrant à l'emportement des plaisirs; le but était changé; mais le système était semblable, et les lois d'une morale fixe, immuable, toujours la même, soit qu'elle seconde les plus nobles instincts de l'âme humaine, soit qu'elle s'oppose aux plus ardents désirs des passions, cette règle tutélaire ne régnait pas encore dans le cœur d'Horace.

Revenu aux vertus morales, par le bonheur qu'il avait goûté en les pratiquant, il n'était pas encore revenu à la foi, qui, seule, fait aimer la vertu au milieu des combats et des amertumes. Sa volonté ne s'était pas encore retrempée aux sources éternelles d'où découlent sur la terre la justice, la bonté, la force, le dévouement, l'abnégation; il ne s'était pas rapproché de Celui qui est la voie, la vérité, la vie; mais la douce miséricorde qui veille sur les enfants d'Adam, fussent-ils rebelles, laissera-t-elle inachevée l'œuvre régénératrice qu'elle a commencée dans cette âme?

XI

Grande leçon

> Pars, mon âme, avec assurance ;
> L'amour, la vertu, l'espérance
> En savent plus qu'un jour d'effroi.
>
> LAMARTINE.

On comprend que les visites d'Horace à la famille Dubois devaient être fréquentes ; il consacrait une partie de ses loisirs à la consolation de ces pauvres gens, comme il consacrait son superflu à leurs besoins, et il leur avait inspiré une absolue confiance, un attachement extrême. Sa visite était le seul instant de bonheur dont pussent jouir les deux vieillards ; il écoutait avec attention, avec sympathie les plaintes, les longs discours d'Agathe ; il rendait à son mari des soins bien appréciés par le pauvre infirme ; le petit enfant même riait en voyant le *bon monsieur,* et il se laissait embrasser sans effroi et sans défiance. Horace goûtait toute la douceur de ces rapports bienveillants et charitables ; il aimait *ses* pauvres avec cette passion qui saisit les âmes d'élite, plus portées à donner qu'à recevoir, qui préfèrent la timide affection de l'indigent à la puissante protection d'un prince. Il s'affligeait seulement de l'inefficacité des soins qu'il prodiguait au vieux Dubois, la science ne pouvait plus rien pour un corps épuisé, vieilli par ces durs travaux qui, comme les années de campagne, comptent double ; sa fin approchait lentement ; Horace en découvrait les sûrs indices sans oser les révéler ni à Pierre, qui redoutait la mort, ni à sa femme, qui pleurait encore la perte récente de son unique enfant et qui ne pourrait supporter ce dernier et terrible coup. Cependant, à chaque visite du jeune homme, les symptômes se montraiènt plus alarmants ; la mort venait d'un pas sûr et rapide, à peine retardée par les efforts de la science naissante d'Horace, qui lui disputait le terrain pas à pas.

Le service de l'Hôtel-Dieu avait retenu le jeune élève pendant quelques jours ; libre à peine, il courut vers la rue de Cléry et monta rapidement les six étages. Agathe l'avait entendu ; elle vint au-devant de lui.

« Ah ! monsieur ! » s'écria-t-elle.

« Eh bien ! votre mari ? il n'est pas plus mal, j'espère ?

— Monsieur... je ne puis pas vous dire... je ne m'y connais pas, mais il me semble qu'il baisse beaucoup... la nuit a été mauvaise... Je ne sens plus le pouls sous mes doigts... »

Horace demeura silencieux et triste.

« Monsieur ! interrompit doucement Agathe.

— Eh bien ?

— Si j'osais... sans vous commander... ne pourriez-vous pas dire à mon pauvre homme un mot de religion ! Je le vois bien, il va mourir ! faut-il donc qu'il meure comme un païen ?....

— Mais, ma bonne femme, je n'ai pas mission pour cela ; faites venir un prêtre... le curé de votre paroisse est, dit-on, un excellent homme.

— Sans doute, monsieur... on l'appelle *le blanchisseur des pauvres*, parce qu'il fournit à tous les malheureux de sa paroisse du linge bien blanc et bien propre[1]. Mais mon mari, voyez-vous, a vécu du temps de la révolution, de la première... il pense comme les gens de ce temps-là, il n'aime pas les prêtres, c'est une idée, car il est bien bon et bien honnête homme... mais moi, sa femme, je n'ai jamais pu rien gagner sur lui à cet égard. Maintenant, j'ai le cœur percé en pensant qu'il va mourir peut-être sans secours, sans sacrements.... si vous, monsieur, qui êtes instruit, vouliez lui dire un mot, lui parler du bon Dieu, de la sainte Vierge... il vous écouterait peut-être... »

Horace, confus, embarrassé, ne savait que ré-

[1] Historique. Ce beau surnom a été donné par la reconnaissance du peuple au curé de la paroisse Bonne-Nouvelle, à Paris.

pondre à cette demande. On invoquait sa science religieuse, à lui qui s'était efforcé de l'effacer de son esprit; ses pieux sentiments, à lui qui les avait étouffés depuis si longtemps. Agathe le pressait de plus en plus.

« Vous lui parlerez, monsieur, cela fera bon effet... cela le préparera à recevoir un prêtre.... et alors, alors, si mon pauvre Pierre meurt, je pourrai au moins prier pour son âme; je serai sûre de le retrouver auprès du bon Dieu, avec mon François, qui était si sage et si pieux, et que les chers Frères de l'Ecole chrétienne avaient si bien élevé. »

Le refus devenait impossible; les pleurs d'Agathe plaidaient sa cause, et l'on voyait jusqu'au fond de son âme la douleur de la femme chrétienne, qui craint de perdre pour l'éternité l'époux auquel Dieu l'a unie. En entendant la vieille femme qui répétait d'une voix étouffée par les larmes :

« Mon pauvre Pierre serait donc perdu! il n'irait donc jamais au ciel! »

Horace ne résista plus et il dit à Agathe :

« J'essaierai de lui parler!

— Et moi, s'écria-t-elle, je prierai pour vous deux. »

Horace entra dans la mansarde et s'approcha du lit où Pierre luttait contre les dernières souffrances qui précèdent l'agonie. Il reconnut le jeune homme le salua d'un signe de tête, en disant :

« Je souffre bien, monsieur; j'ai du feu à la

tête et dans la poitrine, et mes pieds sont froids.

— Nous allons tâcher de vous réchauffer un peu, » répondit Horace, qui se mit aussitôt à faire des frictions dont il avait reconnu l'usage salutaire. Au bout de quelques minutes, le malade l'interrompit :

« Ne vous fatiguez pas, monsieur; cela ne me fait plus de bien. Je souffre extrêmement! si je pouvais dormir... »

Il cessa de parler et regarda Horace avec des yeux hagards et inquiets. Il y avait une question et une pensée au fond de ce regard.

« Je suis bien malade, reprit enfin Pierre d'une voix mal assurée, mais... suis-je en danger?.... »

A cette demande positive, Horace aurait peut-être hésité à répondre; mais il jeta les yeux sur Agathe, elle le regardait avec inquiétude, avec agitation, et sans que son mari pût la voir, elle montra du doigt le ciel. Horace prit la main du vieillard :

« Vous ne voulez pas que je vous trompe, n'est-ce pas? lui dit-il. Eh bien! mon cher ami, je crois que vous touchez à la fin de vos longues souffrances. »

Les sanglots d'Agathe saluèrent cette déclaration, que son cœur chrétien avait cependant provoquée. Le vieillard ne parut ni surpris, ni même effrayé, car la nature a des forces en réserve pour ce dernier combat; seulement, il répondit :

« Mourir!... et après, où irai-je?

L'œil suppliant d'Agathe s'arrêta encore une fois sur celui d'Horace. Le jeune homme essaya de rappeler les souvenirs de sa pieuse adolescence, il essaya de ressusciter sa foi oubliée, et il répondit : « Vous irez où vont les hommes qui ont cru en Dieu et qui ont beaucoup souffert, vous irez au ciel.

— Croire en Dieu ! dit le malade, mais je ne le connais pas !... »

Un profond silence régna dans la chambre : Agathe priait ; Horace rassemblait ses pensées confuses ; le malade enfin se dressa avec effort sur son séant, et il dit d'une voix plus forte et plus élevée qu'à l'ordinaire :

« Croyez-vous en Dieu, monsieur ?

Une voix sortie d'entre les morts et adjurant Horace ne lui aurait pas fait éprouver une impression plus vive. Il lui sembla que la lumière se faisait dans son esprit, et que la conscience, le cœur, la raison, d'un commun accord s'écriaient : « *Oui, je crois !* »

Sa bouche docile répéta ces paroles :

« Oui, répondit-il, je crois en Dieu ! Dieu existe, Pierre, nous le voyons par ses œuvres, par le monde où nous vivons et dont il est l'auteur.

— Oui, mais Dieu s'occupe-t-il d'un misérable comme moi ?

— Dieu vous a créé, il vous a fait pour lui, il a pris soin de vous pendant votre vie ; et après votre mort il vous demandera compte de vos actions.

— Vous croyez! » s'écria le malade avec un sentiment d'effroi.

« Oui, Pierre, je crois que Dieu punit ou récompense,

— Mais.... s'il punit, que ferai-je? je ne suis pas un méchant homme; pourtant, je le sais, j'ai commis des fautes.... Si Dieu me juge, qui me défendra? »

La frayeur se peignait sur les traits bouleversés du malade, d'autant plus frappé par ses idées nouvelles pour lui qu'il avait gardé toute la lucidité de son esprit. Il tremblait comme s'il eût pressenti la présence du Juge terrible à qui rien n'est caché. Agathe, à genoux derrière le lit, priait toujours. Horace, pénétré de compassion, reprit encore la main glacée de Pierre :

« Nous avons un défenseur auprès de notre Juge, dit-il avec douceur; ce défenseur, cet ami, c'est Jésus-Christ, le Fils unique de Dieu, qui, par amour, par pitié pour les hommes, s'est fait homme aussi et a souffert une mort très-cruelle afin de laver nos âmes dans son sang.... Vous avez vu souvent le crucifix, Pierre?.... Souvenez-vous de Celui qui s'y trouve attaché! C'est le Christ, votre Sauveur et le mien, le Christ souffrant, mourant, couronné d'épines, fixé à la croix par trois clous, le côté percé d'une lance, expirant enfin dans d'inexprimables douleurs pour nous sauver de la juste colère de son Père et des châtiments de l'enfer... recommandez-vous à Jésus-Christ....

— Ce qu'on dit est donc vrai ! vous le croyez, monsieur ? répéta encore le malade.

— Je le crois, répéta à son tour le jeune homme.

— Mais que faut-il faire pour obtenir la protec-tection de Jésus-Christ ?

— Rentrer en grâce avec lui par la confession de vos péchés.

— Me confesser ! mais il y a cinquante ans que je ne me suis approché d'un prêtre !

— Qu'importe ! vous serez reçu avec joie. Jésus-Christ vous pardonnera et vous ouvrira les portes du paradis.

— Le paradis où notre François est allé ! s'écria Agathe avec une espèce d'exaltation.

— Mais si tout cela n'était pas vrai ?

— Que risquez-vous ? s'écria Horace ; si ce n'était pas vrai, vous ne perdriez rien à le croire ; et si c'est vrai, vous gagnez tout... ne mettez pas en jeu votre éternité par un doute !

— L'éternité ! Pierre ! dit encore Agathe, l'éternité où l'on est toujours ensemble auprès du bon Dieu ! »

Horace, entraîné par le danger qui s'aggravait, pressé par les regards suppliants d'Agathe, insista :

« Faut-il aller chercher M. le curé ?

— Oui.... allez, mon bon monsieur, je serai peut-être plus tranquille. Vous m'avez parlé comme ma mère me parlait autrefois.... mais n'y allez pas vous-même, ma femme ira.... vous, restez auprès de moi... Va, Agathe, cela presse.... »

La pauvre femme ne se fit pas répéter ces mots ; elle courut avec plus d'agilité qu'on n'aurait pu en attendre de son âge ; il semblait que la divine espérance lui prêtât des ailes.

Horace, resté seul avec le vieillard et l'enfant, s'assit auprès du lit, tout en balançant le berceau, afin d'obtenir le silence et le repos du petit être qui y reposait. Pierre, à qui un cordial venait de rendre une force passagère, dit :

« Je voudrais me souvenir de mes prières.... mais je crains de les avoir oubliées.

— Essayons, » répondit Horace ; et il commença le *Pater*, prononçant lentement chaque parole, insistant sur chacune de ces pensées, enseignées, dictées par le Sauveur lui-même, et pénétré à son tour par la puissante et suave onction qu'elles recèlent. Le vieillard les répétait après lui ; ses souvenirs d'enfance renaissaient à mesure que la parole sacrée redevenait familière à ses lèvres, et une larme baigna ses yeux arides, lorsqu'il dit : « C'est là ce que ma mère m'a enseigné autrefois. »

L'*Ave Maria* et le *Credo* succédèrent au *Pater* ; Horace essaya, par quelques courtes explications, d'en rendre le sens bien intelligible au malade, et de graver plus profondément dans son âme les vérités chrétiennes qu'il venait de lui inculquer. La dernier mot tombait à peine de ses lèvres, lorsque le curé entra suivi d'Agathe.

« Venez, monsieur, dit Pierre, je veux me confesser; je suis prêt.... Je désire rentrer en grâce avec Jésus-Christ !

— Et Jésus-Christ vous tend les bras, mon fils, répondit le prêtre; c'est lui qui va vous écouter en la personne de son ministre. »

Horace et Agathe se retirèrent dans un petit cabinet voisin, et là, la pauvre femme, enivrée d'une joie amère, saisit la main du jeune homme et la porta à ses lèvres.

« Oh ! monsieur, s'écria-t-elle, comment vous remercier ! vous avez sauvé l'âme de mon pauvre mari ! vous serez béni sur la terre et dans le ciel, car Dieu est juste... Mon pauvre François ! quel bonheur qu'il vous ait recommandé ses vieux parents... il priera pour vous au ciel, et moi aussi, je prierai, tant que Dieu me laissera en ce monde ! »

Horace était vivement ému, mille sentiments nouveaux s'agitaient en son cœur; il en reconnaissait un, un seul : — la foi, telle qu'il l'avait goûtée pendant quelques beaux jours de son adolescence, la foi pure et sans ombres, réchauffant le cœur, éclairant la raison d'un jour lumineux, donnant la clé de tout ce qui semble mystère, et invitant, d'une voix pleine d'harmonie et de charme, l'âme humaine à aimer, à servir, à célébrer son Dieu, son Créateur et son Père. Ce sentiment délicieux remplissait de sa plénitude l'âme d'Horace ; il lui semblait qu'il sortait d'une noire et profonde nuit, et qu'aux ténèbres de l'indifférence et du doute succédait l'aube radieuse de l'amour et de la foi.

Une heure s'était passée comme un songe ; e curé appela Agathe et dit :

« Je vais chercher les sacrements. »

Horace rentra dans la mansarde ; Pierre était étendu sur son lit ; les yeux fermés, les mains jointes ; la paix régnait sur son front ; ses lèvres remuaient comme s'il eût prié. Il ouvrit les yeux et dit à voix basse :

« Cher monsieur, Jésus-Christ va venir ! je vais communier ! quelle grâce ! quel bonheur.... Oh ! que je suis heureux depuis que j'ai reçu l'absolution !.... ma pauvre Agathe ! tu as bien prié pour moi, n'est-ce pas ? Prie, prie encore... »

Il ne put achever : ses forces défaillaient rapidement ; cependant un éclair de vie, un rayon de joie éclaira son front empreint des teintes froides de la mort, lorsque le curé rentra à pas lents et l'air recueilli. Il posa sur une petite table qu'Agathe avait préparée, la bourse de velours rouge ; et s'adressant au malade, il lui fit une courte et touchante exhortation.

« Votre Dieu, lui dit-il, vient vous visiter sur ce lit de douleur ; il vient comme un ami fidèle, vous consoler et vous fortifier.... un ami ! quel ami terrestre ferait pour vous ce que fait en ce jour le

Fils de Dieu ? il va vous donner sa chair et son sang pour vous nourrir; il va vous incorporer à lui, afin qu'étant un avec votre Dieu, vous entriez, au sortir de ce monde, dans le royaume de gloire qu'il vous a préparé. Le croyez-vous ainsi, mon fils ?

— Oui, de toute mon âme. »

Le prêtre, ému lui-même, procéda aussitôt aux saintes onctions, et après avoir purifié les membres, instruments du péché, il déposa sur les lèvres pâles du mourant ce Pain, gage précieux d'une meilleure vie. Horace, à genoux, priait et pleurait; il sentait Dieu présent, Dieu sensible au cœur, et l'invoquait par un mouvement involontaire et spontané. Enfin la voix de Pierre s'éleva, faible et ne s'exhalant qu'à de longues périodes.

« Ma femme, disait-il, je ne te vois plus.... où est ta main ?... M. Horace, où êtes-vous ? »

Lorsqu'il sentit leurs mains réunies dans la sienne, il poursuivit :

« Adieu, ma bonne Agathe, je vais près de notre fils.... Nous t'attendrons.... Cher monsieur, que le bon Dieu vous comble de ses bénédictions... je vous dois plus qu'à mon père et à ma mère.... Puissiez-vous.... puissiez-vous sauver encore beaucoup de pauvres pécheurs.... »

Il ne put achever; sa main se détacha et erra sur la couverture avec le geste convulsif familier aux mourants.... quelques minutes s'écoulèrent.... un souffle froid passa sur le visage d'Agathe et d'Horace, penchés vers lui, et le curé dit à haute voix :

« Prions. »

« Venez, saints amis de Dieu, accourez au-devant de lui ! Anges du Seigneur, recevez son âme et présentez-la au Très-Haut. Puissiez vous être accueilli par Jésus-Christ qui vient de vous appeler ! puissent les anges vous conduire dans le sein d'Abraham[1] ! »

Le curé pria encore en silence ; puis, se relevant, il serra la main d'Horace et lui dit :

« La bénédiction de ce mourant, monsieur, sera un gage de bonheur pour votre avenir. J'y ajouterai les prières d'un vieillard, d'un pasteur à qui vous avez ramené une des chères brebis de son troupeau. »

Horace s'inclina sans pouvoir répondre ; il était ému comme un homme dont l'avenir vient de se décider et qui sent qu'il vient de franchir une des grandes crises de sa destinée.

1 Prière du Rituel.

—◆—

XII

Ce que vaut une âme

Vous avez été rachetés d'un grand prix.
S. PAUL.

Peut-être cette vive et touchante impression se serait-elle effacée avec les circonstances qui l'avaient fait naître, si Dieu lui-même n'eût pris soin de la renouveler. « Il y a, dit Bossuet, des grâces uniques en elles-mêmes, dont le premier trait ne revient plus, mais qui se continuent ou se renouvellent par le souvenir. Dieu les donne, quand il lui plaît, d'une manière soudaine et rapide; elles passent en un moment; mais il en demeure un tendre souvenir et comme un parfum[1]. »

Telle était la grâce qu'Horace avait reçue; un instant, un seul instant, avait transformé le jeune homme incrédule en fervent apôtre, persuadé lui-même des vérités qu'il enseignait; un moment avait dessillé ses yeux, convaincu sa raison, touché son

[1] Élévations sur les Mystères.

cœur ; mais le souffle perfide du monde aurait peut-être glacé cette foi renaissante, si, à la première faveur, don gratuit de sa miséricorde, la Providence n'avait ajouté un merveilleux enchaînement de circonstances qui devaient la compléter. Tissu admirable de notre vie et de notre salut, rouages infinis mis en œuvre par la céleste bonté pour nous faire arriver au terme, ce n'est que dans l'éternité que nous vous verrons à découvert, et alors, transportés de reconnaissance, nous bénirons la Sagesse immortelle dont les décrets ont réglé notre sort ; nous applaudirons, dans l'enthousiasme de la suprême félicité, aux ordres mêmes qui ont provoqué ici-bas nos larmes les plus amères.

Horace obéit donc avec docilité à la suave impulsion qui le conduisait. Ramené à lui-même et au besoin de la solitude, il ne sortit point pendant le jour qui suivit la mort de Pierre ; il travailla et réfléchit beaucoup ; mais le surlendemain, après s'être vêtu avec soin, il se rendit rue du Cléry, pour accompagner le convoi de son vieil ami à sa dernière demeure. Quelques voisins, quelques ouvriers, camarades de François, suivirent le modeste cercueil jusqu'au cimetière Montmartre, et lorsque la cérémonie fut terminée, Horace revint à la mansarde, où la veuve de Pierre était seule désormais avec le petit enfant au berceau. Il lui remit les secours dont il pouvait disposer ; mais Agathe lui rendant une pièce de cinq francs, lui dit avec instance : « Je n'ai plus besoin de grand chose, puisque mon pauvre homme n'est plus de ce monde ; le bureau de bienfaisance, les dames de charité sont là d'ailleurs, et ne m'abandonneront pas.... ils auront pitié de ce pauvre orphelin.... Mais je voudrais bien, monsieur, faire dire une messe pour l'âme de mon mari. Si vous vouliez la demander à la paroisse et nous faire la grâce d'y assister!

— Gardez cet argent, répondit Horace, vous en avez besoin, et moi je puis encore me passer d'une petite somme ; je ferai célébrer deux messes, demain et après-demain.

— Ah ! monsieur !...

— Agathe, je vous dois peut-être plus que vous ne pensez.... Au revoir, à demain. »

Il se rendit aussitôt à l'église de Bonne-Nouvelle ; le soir tombait, et Horace, qui, depuis deux ans, avait oublié les fêtes chrétiennes, ignorait qu'on se trouvait dans l'octave du Saint-Sacrement. L'église était plongée dans une demi-obscurité, du sein de laquelle l'autel s'élevait resplendissant de flambeaux et parsemé de fleurs. La sainte Hostie, placée dans un riche ostensoir, recevait les adorations des fidèles empressés et nombreux. Horace s'agenouilla près d'un pilier, la tête appuyée sur ses mains, et sa pensée se reporta aux jours de son enfance, où, avec tant de bonheur, il suivait à travers les vallons le champêtre cortége du Dieu caché dans l'Eucharistie. Quelles émotions remplissaient alors son cœur ! quelles douces larmes inondaient ses yeux, à la vue de cette pompe de la nature, de ces magnificences de l'été, fleurs, rayons, parfums, offerts en tribut à l'Auteur de toutes choses, au Dieu présent sous des voiles, si épais aux regards du doute, si transparents aux yeux de la foi ! le même Dieu était là sur l'autel ; comme autrefois, des cœurs aimants et fidèles l'adoraient, et comme autrefois aussi, Horace était prêt à joindre l'hymne intérieur de son âme à ces profondes adorations.

Il fut tiré de sa rêverie, devenue presque une méditation, par la voix d'un prêtre qui venait de monter en chaire, et qui, après avoir prononcé le texte de saint Paul cité au commencement de ce chapitre, aborda la grande question que ce mot si simple renferme.

Il éleva l'excellence et la dignité de l'âme humaine, dont Dieu même a démontré la haute valeur par les sacrifices qu'il a faits pour elle.

« Le Créateur magnifique et bon, dit-il, a prodigué au dernier ouvrage de ses mains des dons qui ont étonné même les anges. *Faisons l'homme !* dit-il, dans ce triple conseil où la Puissance, la Sagesse et l'Amour agissent de concert. Il ne parle plus d'une voix impérative; il ne dit pas *que l'homme soit !* comme il a dit *que la lumière soit !* il traite déjà avec respect sa noble créature; il lui forme un corps composé, il est vrai, d'éléments terrestres, mais ce corps est gouverné par une âme revêtue de liberté, de raison, d'intelligence et d'immortalité. Il ajoute : « Faisons l'homme à notre image et ressemblance, afin qu'il commande aux poissons de la mer, aux oiseaux du ciel, aux bêtes et à toute la terre, à tout ce qui remue ou rampe dessus. » Il l'investit aussitôt du commandement; il lui donne la terre comme un apanage, en attendant le royaume du ciel dont il est aussi héritier. Et cependant, malgré la jouissance de tant de biens, l'homme insatiable enfreint les ordres de son Créateur. Il écoute cette parole funeste : « Vous serez semblables à des dieux, » et le péché entre dans le monde, et l'ordre admirable est violé, et l'âme d'Adam est souillée d'une tache indélébile qu'il transmettra à ses descendants. Un abîme est creusé entre Dieu et l'âme humaine; la justice divine, par une loi impérieuse de son être, rejette loin d'elle ce qui est impur, et le ciel se ferme à la créature pécheresse. Que fera Dieu? abandonnera-t-il l'homme au sort que l'homme a librement choisi? livrera-t-il l'âme précieuse et immortelle à d'immortels châtiments? Il le pourrait, car elle s'est volontairement séparée de lui; elle a volontairement obéi à l'esprit de révolte et d'orgueil; elle a volontairement choisi le maître cruel à qui elle devrait appartenir désormais.

» O justice du Seigneur, que déciderez-vous? à quel prix vous laisserez-vous désarmer?.... un seul prix est offert et accepté; le Fils unique de Dieu se présente à son Père comme une victime d'expiation, et cet échange est agréé; l'homme sera lavé de sa tache originelle par le sacrifice sanglant d'un Dieu. Comprenez-vous maintenant ce que vaut votre âme par le prix infini auquel elle fut rachetée? Jésus-Christ tout entier s'est donné pour elle; pour elle il a pris un corps, lui, ce Verbe, ce Dieu immatériel, aux perfections incompréhensibles à nos sens; pour elle, il a vécu dans la pauvreté et dans l'oubli; pour elle, il a enseigné durant trois ans la morale céleste, trésor perdu avec la première innocence et recouvré avec la rédemption; pour elle, il a souffert une cruelle agonie, et il a soumis sa volonté à celle de son Père, à cette volonté miséricordieuse qui exigeait que l'homme fût saint et heureux; pour elle, il a répandu tout son sang au milieu des plus infamants supplices, et il est mort, mort comme un criminel sur une croix. Voilà, chrétiens, l'amour du Fils de Dieu pour nos âmes!... Que dis-je? il a fait plus: il a éternisé le souvenir de cet amour et de ce sacrifice par l'institution du grand Sacrement où il demeurera avec nous jusqu'à la consommation des siècles. Fixez vos yeux sur le tabernacle où un Dieu est captif pour vous, et concluez de là quelle valeur possède votre âme aux yeux de la Divinité, car tant de souffrances et tant d'amour n'ont eu d'autre but que cette âme immortelle dont si souvent vous dédaignez le soin! Le monde entier, avec toutes ses splendeurs, et des milliers de mondes, plus beaux, plus magnifiques encore, n'auraient pas mérité qu'une seule goutte du sang d'un Dieu coulât pour arrêter leur destruction, et des ruisseaux de ce sang ont été répandus pour laver l'âme et la régénérer! Voilà ce que l'on oublie! on porte en soi ce trésor précieux, et on le néglige, et on efface de sa mémoire les paroles du Fils de l'homme : *Qu'importe que vous gagniez l'univers, si vous venez à perdre votre âme?* Et l'on se réveillera au dernier jour, atterré, confondu, pauvre des seuls biens réels, de ceux que la poussière et les vers ne sauraient nous ravir!.... »

Il poursuivit longtemps ainsi; Horace l'écoutait avec une profonde attention, et les paroles du texte sacré, qui, semblables à la trompette du jugement, ont tant de fois retenti dans l'âme des pécheurs, ces paroles graves et terribles : « Qu'importe que vous gagniez l'univers, si vous venez à perdre votre âme? » retentissaient à son oreille comme un avertissement divin.

« Qu'ai-je fait pour mon âme depuis deux ans? » se répétait le jeune homme avec effroi. Et sa vie passée se levait devant lui, et le remplissait de confusion et de repentir. Mais à ces impressions effrayantes en succédaient bientôt de plus douces; les miséricordes du Seigneur se peignaient à son cœur sous les traits les plus touchants; il pensait au père du prodigue couvrant de ses baisers le fils retrouvé, au bon pasteur rapportant au bercail la pauvre brebis égarée ; il se rappelait ces paraboles que sa mère lisait à la veillée et qu'elle commentait avec tant de douceur ; puis, levant les yeux sur l'autel, il y trouvait la réalisation des plus suaves promesses ; un Dieu fait victime pour les pécheurs, un Frère aîné intercédant pour ses frères, une sainte Hostie élevée comme un bouclier entre la tête du coupable et les foudres du céleste vengeur... « O Dieu, se dit-il alors, qui pourrait désespérer?... » Et loin d'être effrayé par la présence du Dieu vivant, Horace sentait un torrent d'espérance et d'amour inonder son cœur.

Lorsque la bénédiction du saint Sacrement fut donnée, le jeune homme se rendit à la sacristie, où il trouva le curé. Il lui confia le désir de la veuve Dubois, et le digne prêtre s'empressa de répondre :

« Certes, monsieur, je célébrerai le saint Sacrifice avec confiance et avec joie, pour le repos de cette âme que vous avez aidé à ramener à Dieu. Quel bonheur doit être le vôtre, et comme votre foi si vive et si pure doit sentir le prix d'un tel succès !

— Ah ! monsieur, répondit Horace avec une humble sincérité, je ne mérite pas ces éloges ; je n'ai été que l'instrument de la Providence, et convaincu, éclairé moi-même depuis hier, je viens vous prier de m'entendre en confession... »

Une heure après, un jeune homme sortait de l'église déserte, et un vieux prêtre, à genoux devant l'autel, récitait le *Magnificat*, en versant des larmes délicieuses, et il répétait : « Grand Dieu! que voulez-vous donc de ce jeune homme! à quoi le destinez-vous, Seigneur? « Vous êtes admirable en vos voies et incompréhensible en vos jugements; mais vos miséricordes sont au-dessus de toutes vos œuvres; soyez-en béni à jamais!.... »

XIII

Nouvelles vacances

> Je ne dois pas regarder comme quelque chose de bien grand, que je vous serve ; mais ce qui me paraît vraiment grand et admirable, c'est que vous ayez bien voulu recevoir pour votre serviteur un homme si pauvre et si indigne et l'associer à vos plus chers serviteurs. IMIT. III.

Cette grande action mit le dernier sceau à la conversion d'Horace. Ramené à la morale par une bonne œuvre, ramené à la foi par la régularité des mœurs et le zèle de la charité, il abrita son âme régénérée dans les ferventes et salutaires pratiques du catholicisme, et désormais, éclairé par les vérités qui descendent de la tribune sainte, nourri par le Pain vivant, reçu à la table eucharistique, échauffé par l'onction intérieure de la grâce, il dédaigna les railleries et foula aux pieds le respect humain. Sans ostentation et sans bravades, il se montra ce qu'il était, et au bout de peu de semaines, les pointes les plus acérées de la moquerie s'émoussèrent contre le calme et le sang-froid dont il était revêtu. Les épigrammes ne s'adressent qu'aux poltrons, qui voudraient pratiquer leur foi à petit bruit, chrétiens dans leur chambre et sceptiques en public; ceux-là redoutent, et à juste titre, les moqueries que la franchise des convictions ne peut pas exciter. Une opinion sérieuse, qui marche le front levé et qui s'appuie sur des œuvres droites et bonnes, n'excitera jamais la plaisanterie. Horace l'éprouva, et ces fantômes qui l'avaient fait trembler jadis se reculèrent à leur tour, effrayés comme des oiseaux nocturnes devant le jour brillant de la vérité.

Paul Delahaye, dont Horace avait si vivement redouté autrefois les commentaires. fut en effet, plus que nul autre, âpre et impitoyable dans ses railleries. Mais son ancien ami ne s'en troubla point, et les bouffonneries dont il était l'objet n'eurent d'autre fruit que d'éveiller en son âme une ardente charité pour leur malheureux auteur. Loin de le fuir, Horace le chercha et s'efforça, avec un zèle ingénieux et tendre, de frapper à la porte de cette âme endurcie, tantôt en évoquant les souvenirs de la famille et de la patrie, tantôt en analysant les principes sacrés que Paul bafouait, tantôt essayant de persuader son esprit, tantôt de réchauffer son cœur aux flammes qui brûlaient en son propre sein. Ces efforts demeurèrent stériles pour celui-là qui en était l'objet; mais ils eurent pour Horace de plus heureux résultats : ils stimulèrent son zèle, ils excitèrent sa foi, et les vertus dont il possédait le germe s'agrandirent dans cette lutte courageuse, entreprise pour les intérêts d'un Dieu qui ne se laissa jamais vaincre en générosité.

L'époque des vacances approchait, et Horace comptait les jours avec une impatience mêlée de joie. Une année auparavant, il craignait cette époque qui devait le mettre en présence de parents offensés; mais aujourd'hui combien il la désire, combien il la presse de ses vœux ! Il n'y aura plus, entre sa famille et lui, de secrètes barrières; leurs pensées, leurs principes sont les mêmes; il parlera et sera compris; il pourra, dans cette douce et religieuse intimité, penser tout haut, sûr de ne s'adresser qu'à des esprits amis et sympathiques. Il dira à ses bons parents ce que ses lettres leur ont imparfaitement appris; son repentir, sa conversion, ses idées actuelles et ses vagues projets pour l'avenir. Le mois d'août arrive : Horace fait une dernière visite à la bonne Agathe, qui promet de prier le bon Dieu pour lui; il va serrer la main de Paul, qui ne compte pas quitter Paris, et il monte joyeux dans la diligence de Lyon.

Son entrevue avec ses parents fut grave et touchante. Ce n'était plus la joie expansive du premier retour; depuis cette époque, tous avaient souffert, Horace par ses propres fautes, et M. et Mme Didier par les torts de leur enfant bien-aimé; les douleurs passées jetaient comme une ombre sur le bonheur actuel, et les cœurs moins dilatés s'élevaient au ciel dans de silencieuses actions de grâces. Peut-être, chez les bons parents, quelques craintes se mêlaient-elles encore à leur joie; peut-être doutaient-ils de l'entier changement de leur fils, et n'osaient-ils appuyer leurs espérances sur une âme qui déjà s'était trouvé fragile. Mais au bout de quelques jours, leurs doutes et leurs défiances se dissipèrent, et le bonheur le plus pur, le plus vrai y succéda. Modeste, respectueux, sans faste, sans étalage, Horace laissa voir, sans le chercher et sans le vouloir, quelle impression ineffaçable les principes religieux avaient produit sur son cœur; ses parents trouvèrent en lui, non plus l'enfant docile et soumis à une impulsion étrangère, mais l'homme convaincu, dont le cœur et la raison adoptent de concert les traditions saintes reçues au foyer paternel. Alors, et seulement alors, son père fut rassuré, sa mère fut heureuse, et ses jeunes sœurs conçurent pour leur frère une tendresse mêlée de respect.

Ces moments étaient doux; ils résumaient la félicité terrestre, et cependant le cœur d'Horace souhaitait autre chose. Loin du tumulte de Paris, dans ces journées de calme et de loisir, il pouvait s'étudier et prêter une oreille attentive aux voix secrètes de mon âme, et ce fut alors qu'une vague et fugitive pensée devint un désir ardent et continuel. Son âme, ramenée à la vie de la grâce, brûlait d'amener d'autres âmes errantes et blessées aux pieds du bon Pasteur; un zèle dévorant le poursuivait jour et nuit, et le pressait de défendre la cause de Dieu, de ce Dieu dont il avait ressenti les miséricordes. Son imagination parcourait le cercle des misères humaines, des misères nées de l'absence de la foi; il songeait à ce nombre immense de créatures auxquelles Dieu est inconnu; il se transportait dans les grandes villes de la vieille Europe, parmi ces populations industrieuses, toutes livrées aux soins matériels et au souci de vivre; il les voyait sans Dieu; il se transportait parmi les habitants des campagnes, courbés vers la glèbe, trouvant à peine un jour sur sept pour le repos et la prière; il les voyait, pour la plupart, ignorants, sans foi et sans Dieu. Les peuples séparés de l'unité lui apparaissaient à leur tour, chancelants dans le vague de leurs doctrines, et il pensait à ces milliers d'âmes qui, peut-être, n'attendaient qu'un guide pour sortir du labyrinthe où elles sont engagées.... que de bien un prêtre ferait parmi elles! Et les nations idolâtres, soit qu'elles habitent le vaste et mystérieux continent de l'Afrique, soit qu'elles peuplent les antiques regions de l'Inde, ou le Japon, si cruel aux chrétiens, ou les contrées boréales, défendues par leurs mers glacées, ou les îles riantes de l'Océanie, ou les savanes du Nouveau-Monde, quel vaste champ n'offrent-elles pas à l'ardeur apostolique, au zèle éclairé d'un ambassadeur de Jésus-Christ! Les anges protecteurs des nations, les saints qui ont versé leur sang pour elles, ne semblent-ils pas répéter, d'une commune voix, les paroles du Maître : « Les campagnes blanchissent, la moisson est grande, mais il n'y a pas d'ouvriers! » Sans cesse, l'invitation contenue dans ces mots retentissait aux oreilles d'Horace; il sentait, d'une manière intime, que le Seigneur l'appelait à la gloire du sacerdoce et aux labeurs de l'apostolat; mais saisi d'un saint effroi, d'une humble et religieuse frayeur il se disait à lui-même :

« Quoi, moi, je deviendrais ministre de Jésus-Christ! moi pécheur à peine revenu de tant d'égarements, j'appellerais la Victime sainte sur l'autel, je la toucherais de mes mains, je la distribuerais au peuple fidèle, moi!... »

Son âme, animée d'une foi si vive, se troublait à cette pensée; mais il la rejetait en vain, elle revenait plus impérieuse et plus douce; elle pliait insensiblement tous les goûts, toutes les inclinations du jeune homme sous le joug béni du Seigneur; et bientôt, il en vint à envisager, sans crainte, avec une inexprimable consolation, la destinée à laquelle il semblait appelé. Cependant il ne voulut pas se confier à ses parents avant que d'avoir mûri ses projets, avant que de les avoir discutés avec le guide de son âme, et il se contenta de poursuivre les œuvres de charité vers lesquelles il se sentait si puissamment attiré.

Belley même lui offrait quelques occasions de ce genre, bonnes fortunes qu'il s'empressa de saisir. Il aimait surtout un hospice destiné aux pauvres voyageurs qui pouvaient s'y arrêter une nuit, et qui y trouvaient un repas, du feu et un lit. Cette fondation remontait à une époque lointaine; elle avait été faite par un riche seigneur, qui, après avoir franchi les monts, faillit périr de froid et de faim dans les vallées du Bugey, et qui, sorti de ces défilés dangereux, bâtit un hospice afin d'éviter aux pauvres voyageurs les maux qu'il avait soufferts lui-même. Quelques hommes charitables visitaient tous les soirs cet hospice; ils veillaient aux besoins des hôtes du bon Dieu et faisaient avec eux la prière du soir. Horace prit part à cette bonne œuvre, se plaisant à consoler, à fortifier, à instruire les pauvres que la Providence lui envoyait; quelquefois il faisait un retour sur lui-même, et se disait :

« Avant peu d'années peut-être je serai errant, étranger parmi les nations, et pauvre pour l'amour de Jésus-Christ, je demanderai, je recevrai l'hospitalité en son nom ! »

XIV

La mort de l'impie

> Il a aimé la malédiction, et elle tombera sur lui ; il a rejeté la bénédiction, et elle s'est éloignée de lui.
>
> PS. CVIII.

Plusieurs semaines s'étaient écoulées dans ces douces occupations. Un matin, on remit à Horace une lettre timbrée de Paris ; il l'ouvrit, la parcourut des yeux et poussa une exclamation douloureuse. Voici ce que contenait cette lettre, écrite par un étudiant en médecine, ami de Paul et d'Horace :

« Paris, 14 octobre 1833.

» MON CHER AMI,

» Je t'écris pour t'apprendre une nouvelle bien affligeante, et qui, je n'en doute pas, provoquera chez toi de vifs regrets. Paul Delabaye, notre pauvre camarade, est mort hier dans l'après-dînée, et quoique sa santé fût altérée depuis longtemps, il aurait pu vivre s'il avait su se maîtriser. Voici quelles circonstances ont causé cette mort prématurée.

» Paul jouait, et jouait beaucoup, et, bien entendu, la fortune n'était pas toujours de son côté. Mardi dernier, après une veine très-malheureuse, il se prit de querelle avec un joueur plus favorisé que lui et s'emporta d'une manière inconcevable; mais un accident fatal mit fin à sa colère et devait mettre bientôt fin à sa vie. Un vaisseau se rompit dans sa poitrine; il tomba en vomissant le sang, et on le rapporta chez lui dans un état presque désespéré. J'accourus aussitôt, et je l'avoue, je fus effrayé, quoique j'aie vu beaucoup mourir, de l'expression des traits de ce malheureux Paul. C'était la rage, la fureur à leur plus haute expression : il voulait vivre, et il sentait la vie lui échapper; il enviait ceux qui vivaient, et il nous jetait des regards affreux, pleins de colère et de haine. Au fait, qu'avait-il à espérer? La vie était finie, et l'éternité n'avait rien de bien rassurant; il avait tout à regretter et tout à craindre.

» On avait amené auprès de lui une sœur de Bon-Secours, qui sont, comme tu sais, d'excellentes gardes-malades. C'était une personne âgée, simple et respectable. Elle s'efforçait de calmer Paul par de bonnes paroles, mais elle paraissait inquiète. Enfin, prenant son courage à deux mains, elle dit : « Si vous vouliez, monsieur, voir un prêtre, il vous consolerait. » Je ne te répèterai pas la réponse de Paul ; le papier n'admet pas ces sortes d'exclamations. Cependant il souffrait, il étouffait, et répétait de minute en minute, avec un râle pénible : « Que je souffre ! — Priez un peu le bon Dieu, monsieur, disait la sœur, offrez-lui vos souffrances. — S'il y avait un Dieu, me laisserait-il souffrir ainsi à mon âge ! répondait Paul avec fureur. — Eh ! monsieur, disait ingénument la sœur, le Fils de Dieu n'avait que trente-trois ans, et pourtant il a cruellement souffert pour la gloire de son Père et le salut des hommes. »

» Elle parlait à qui ne pouvait l'entendre, et voyant l'inutilité de ses discours, la pauvre fille se mit à dire son chapelet, tout en secouant les oreillers, en sucrant les tisanes, en arrangeant les couvertures du lit, sans cesse refoulées par les gestes impétueux et brusques du malade. Je voyais les grains noirs passer entre les doigts de la sœur pendant que ses lèvres remuaient ; cette vue, je te l'avoue, me fit impression ; je me disais : « Voilà une pauvre vieille femme qui se croit en rapport avec un autre monde et avec un Etre tout-puissant... aurait-elle raison?... » C'est quelque chose de grand que la prière, Horace ! heureux ceux qui prient.... Mais que disais-je?... L'état de Paul s'aggravait rapidement ; j'en fis l'observation à la sœur ; elle leva les yeux au ciel et s'approcha du lit. « Je suffoque, dit Paul, ouvrez donc les fenêtres.... — Monsieur, s'écria la religieuse, mon cher monsieur, dites un mot de prière avec moi, ou plutôt, souffrez que j'envoie chercher un prêtre. — Je suis donc bien mal! répondit-il en se dressant et en nous jetant de sombres regards. — Notre vie à tous est entre les mains de Dieu; consentez à ce que je vous propose, monsieur, vous serez plus en paix. — Eh! laissez-moi tranquille! » Il achevait à peine ces mots, qu'un nouveau vomissement le couvrit de sang; la sœur le secourut avec une intelligence rare, mais ses mains tremblaient, et elle me dit à voix basse : « Monsieur, de grâce, envoyez chercher un prêtre, il est temps... — Je te le défends, s'écria Paul, qui avait saisi ces mots au passage; pas de prêtre, je veux mourir comme j'ai vécu... » Cependant j'envoyai un voisin avertir le vicaire de la paroisse. « Monsieur! interrompit la sœur en se jetant à genoux, vous allez mourir, songez à votre âme, qui sera tout à l'heure jugée par Dieu! — Que vous importe mon âme? » balbutia Paul dont l'agonie commençait... Jamais je n'en vis de plus horrible; hélas! elle fut encore trop courte. Ses traits exprimaient, parmi les convulsions de la mort, la colère et la rage impuissantes; mais cinq minutes avant qu'il rendît l'âme, il porta ses yeux autour de lui d'un air épouvanté, comme s'il eût vu un spectacle affreux; il essaya de se cacher le visage avec ses draps ensanglantés, mais il ne put y parvenir, et je voyais osciller sur l'oreiller son front pâle et défiguré, où la souffrance et la terreur se peignaient à la fois. Il murmura quelques mots sans liaison : « Pas de Dieu ! Si, il y en a un.... mais il est trop tard.... trop tard.... trop tard.... » Le vicaire entra, haletant, au moment où Paul achevait ces mots ; il courut vers le lit ; Paul lui dit : « Laissez-moi ! » et il mourut instantanément, avant que le prêtre eût pu ouvrir la bouche pour l'exhorter. La sœur pleurait à chaudes larmes ; moi, j'étais effrayé par les circonstances de cette agonie horrible. On dit, Horace, que tu es devenu dévot ; si la dévotion nous assurait une mort calme et douce, je me rangerais bien de ton bord, car Napoléon le disait à Sainte-Hélène, et je le reconnais maintenant : « Toute la science de la vie, c'est d'apprendre à bien mourir. »

» Adieu, nous causerons de tout cela à ton retour. Crois-moi toujours ton ami dévoué.

» Alphonse Gallois. »

« Grand Dieu ! s'écria Horace, une âme perdue, et perdue pour l'éternité ! O mon pauvre Paul, où t'es-tu laissé égarer ! Et moi, qu'ai-je fait au Seigneur pour être préservé d'un tel sort ! et que ne lui dois-je pas pour acquitter une telle dette ! »

Cet événement fortifia les résolutions d'Horace ;

il se sentit plus que jamais pressé du besoin de gagner quelques âmes à Dieu. Son père voulut lui parler de son avenir; mais Horace l'interrompit avec respect, en disant :

« Dans peu de mois, mon père, je vous communiquerai mes projets, et je solliciterai vos conseils et votre bénédiction. »

Son père ne répondit rien, mais sa mère le regarda fixement de ce regard maternel qui pénètre au fond des cœurs, et le soir, lorsque Horace vint l'embrasser, elle le serra étroitement, et lui dit tout bas : « Je crois t'avoir deviné.... mon cher fils, que le Seigneur soit avec toi.... ne lui résiste jamais! »

XV

Combats

> L'Esprit de Dieu nous aide dans notre faiblesse. S. PAUL AUX ROMAINS.

Les plus généreuses résolutions, les desseins les plus fermes et les plus nobles sont incessamment combattus par les instincts égoïstes et terrestres que renferme notre pauvre cœur. C'est la lutte éternelle entre l'esprit et le corps; entre l'âme, qui est d'en haut et la chair qui est d'en bas; entre la partie élevée et raisonnable de l'être, qui voit et désire la perfection, et les sens qui chérissent le monde, et ce que saint Jean appelle la concupiscence de la chair, la concupiscence des yeux et l'orgueil de la vie. La perfection ne se rencontre que dans des sentiers étroits; elle demande l'abnégation de soi-même, le sacrifice de l'égoïsme, le mépris des plaisirs et la constance de la volonté. Aussi, que d'obstacles! et combien de vertueux désirs n'atteignent jamais le but, faute de persévérance et de fermeté ! Ennemis au dehors par les séductions du monde, ennemis au dedans par l'attrait qui nous porte vers ces séductions, tout semble conspirer contre l'âme élue pour un grand dessein ; et le pauvre Horace, revenu à Paris, ressentit vivement cette lutte fatale, que Dieu permet pour éprouver ses serviteurs. L'avenir se peignit à ses yeux de riantes couleurs ; ses études couronnées de succès lui promettaient un sort paisible et peut-être brillant ; il voyait, comme dans un mirage, sa vie partagée entre des travaux qu'il aimait, les soins d'une famille chérie, et les œuvres de charité si douces à son cœur ; l'estime publique, l'amitié des siens, et même la gloire de Dieu, à laquelle contribueraient ses lumières et ses vertus, tout prenait sa place dans ce tableau, tout caressait les affections du pauvre jeune homme. Et pourtant, alors même qu'il s'enivrait de ces prestiges, une voix lui disait au fond du cœur : « Telle n'est pas la volonté de Dieu : Il t'a choisi pour lui seul, il sera ta part et ton héritage. »

Cette pensée à son tour soulevait l'âme d'Horace sur les ailes de la foi et de l'espérance, et toujours combattu, il se sentait toujours ramené avec plus de force vers son pieux dessein. Plusieurs mois s'écoulèrent dans ces alternatives ; on arriva vers l'octave de Noël : c'était l'époque qu'Horace s'était fixée pour mettre le sceau à ses projets en les communiquant à ses parents, et à mesure que ce moment approchait, il se sentait plus calme et plus résolu. La paix de Dieu, qui surpasse tout sentiment, inondait son cœur; dégagé de ses préoccupations, de ses projets, il ne voyait plus rien que le Dieu à qui il voulait consacrer sa vie, et la récompense immortelle qui couronnerait ses travaux. Jamais même, aux jours naïfs de son enfance, jamais les pompes de Noël ne lui avaient paru plus touchantes; jamais il ne s'était approché avec une plus filiale confiance de cet autel où repose un Dieu qui voulut naître enfant; et lorsqu'il l'eut reçu à son tour à la table eucharistique, il se sentit assez de joie pour défier le monde et toutes ses séductions; il sentit que cè Dieu si grand et si bon lui tiendrait lieu de famille et de patrie, qu'il serait sa force et sa consolation en attendant qu'il devînt sa récompense et sa couronne. Le même jour, il adressa à ses parents la lettre suivante :

« Chers et bien-aimés parents,

» Lorsque, l'automne dernier, mon père m'interrogeait sur mes projets d'avenir, je lui avais demandé quelques mois de réflexions; le moment est venu de vous révéler le fond de mon cœur et les desseins que Dieu m'a inspirés dans sa miséricordieuse bonté. Vous souhaitez mon bonheur, vous avez fait mille sacrifices pour le préparer : eh bien! chers parents, Dieu aussi veut mon bonheur, car il m'appelle à lui ; il veut que je le serve dans le sacerdoce, et que je prêche sa sainte parole aux pauvres pécheurs et aux nations barbares. C'est là, je le sens, la vocation à laquelle je suis appelé, et que je préfère à toute espérance de gloire et de fortune ici-bas. En vous la déclarant, une seule chose me trouble et m'inquiète : c'est la peine que je vais vous causer. Votre tendresse alarmée voudra peut-être me retenir ; vous pleurerez mon absence, vous craindrez mes périls, vous regretterez pour moi le bonheur dont j'aurais pu jouir auprès de vous... Et moi aussi, chers parents, je sens combien est amère cette séparation ; il me faut une grâce puissante pour briser les doux nœuds qui me lient à ma famille et à ma patrie ; mais quand Dieu commande, puis-je désobéir ? Me le conseillerez-vous, vous qui m'avez toujours donné l'exemple des vertus chrétiennes, vous qui m'avez élevé pour le Ciel, vous qui avez versé tant de larmes sur mes égarements, et qui vous êtes réjouis, comme les anges, à la nouvelle de ma conversion? Ah ! loin de vous attrister, réjouissez-vous ; vous aurez atteint le but de vos travaux et de vos peines ; vous vouliez un fils pour le Ciel ; et si je demeure fidèle à la grâce, j'espère parvenir à ce glorieux héritage.... Réjouissons-nous ensemble, chantons les miséricordes du Seigneur sur une âme qui en était si peu digne.... Pourquoi s'attrister, d'ailleurs? que regrettez-vous pour moi ? les dons de la fortune, les affections décevantes, un peu de renommée, passagère comme la vie, le bien-être matériel? Ah! que sont ces biens, sinon l'ombre des biens réels? Si nous sommes fidèles, vous, mes bons parents, à me donner au Seigneur, et moi à le suivre, de quelles félicités immortelles ne serons-nous pas comblés un jour! Séparés sur la terre, nous serons réunis alors dans ce séjour où les larmes, les douleurs, les angoisses n'entrent pas, nous regarderons, du haut de notre joie, le lieu de notre exil; nous nous applaudirons d'avoir un peu travaillé, un peu souffert pour le nom de Jésus-Christ, et enivrés de délices, nous verrons centupler notre joie en songeant que c'est pour l'éternité. L'*éternité!* ô le grand mot, ô le délicieux espoir! pour acquérir sa félicité immuable, on peut bien, ici-bas, pleurer et souffrir pendant quelques jours! Je vous présente ces réflexions telles qu'elles naissent dans mon esprit; elles m'encouragent et me fortifient, peut-être pourront-elles aussi vous consoler et vous faire adhérer plus volontiers au sacrifice que Dieu vous demande...

» Avant que de vous écrire, je me suis entouré de conseils prudents et graves, et ceux à qui j'ai ouvert ma conscience reconnaissent unanimement dans mes désirs la volonté de Dieu.

» Que cette volonté soit aussi la vôtre, mes bons et bien-aimés parents! Je vous demande à genoux votre permission et la bénédiction paternelle et maternelle. Daignez m'accorder l'une et l'autre, et croire à la reconnaissance profonde et à l'inaltérable attachement de

» Votre fils soumis,

» HORACE DIDIER. »

Après avoir fini sa lettre, Horace pria longtemps, remettant à Dieu la conduite et le succès de cette affaire, et le suppliant de consoler ses bons parents, de leur donner ce saint courage qui sacrifie à Dieu les plus chères affections de la nature. Lorsque la lettre fut partie, il fut calme, et il comprit à la paix ineffable dont son cœur se trouvait inondé, qu'il avait accompli la volonté de Dieu.

Dans l'intervalle qui sépara le départ de sa lettre de la réponse qu'il attendait, Horace alla voir plusieurs fois la vieille Agathe, aimant à se retremper aux lieux où sa conversion avait commencé et par les œuvres qui l'avaient déterminée. Agathe, qui voyait se joindre à son travail assidu de nombreux et larges secours, n'avait presque plus besoin des aumônes d'Horace; mais elle avait besoin de sa présence, qui rappelait à la bonne mère, à la pauvre veuve, des souvenirs tristes et doux, et le jeune homme lui-même ne revenait jamais sans émotion dans cette humble mansarde, où l'Esprit de Dieu lui avait parlé. Il recommanda vivement ses désirs aux prières de la veuve et même aux bégaiements de son petit enfant, qui savait déjà balbutier « Jésus, je vous donne mon cœur ! » intéressant au succès de sa cause les pauvres et les petits, ces bien-aimés du Seigneur.

Le dixième jour on lui remit une lettre avec le timbre de Belley. Il l'ouvrit avec une palpitation de cœur ; elle était de Mme Didier.

Belley, 3 janvier 1834.

» La sainte volonté de Dieu ! Voilà, mon cher fils, le seul mot que je trouve sur mes lèvres et sous ma plume, en t'écrivant dans ce moment solennel de notre vie à tous. C'est assez te dire que nous consentons à tes pieux projets ; et que, quel que soit le déchirement de nos cœurs, nous approuvons, mon Horace, ta fidélité à la grâce d'une si sainte vocation. Tu seras prêtre, cher fils, prêtre et missionnaire, et l'âme de tes vieux parents te suivra à l'autel et sur ses plages lointaines où tu seras peut-être envoyé, si loin de nous !.... Mais je ne veux pas t'affliger ; je veux, avec toi, bénir et louer le Seigneur qui t'accorde une si éminente faveur, et qui a bien voulu élire dans notre famille un des ministres de son amour. Accepte un tel bienfait avec humilité, avec reconnaissance ; c'est une grande dignité en même temps qu'une lourde charge, et la force du Seigneur pourra seule te rendre digne d'un si auguste ministère. Je tremble de joie et de frayeur à cette pensée, et je me confonds devant Dieu en songeant que l'enfant nourri de mon lait, bercé dans mes bras, mon fils, enfin! fera descendre un jour le Dieu vivant sur le saint autel. Mon cher Horace, que de grâces ne devons-nous pas à notre bon Maître, qui a retiré ta jeunesse de ses premiers égarements, qui t'a placé dans le bon chemin, qui a pris de ton âme un soin tout maternel, si je puis le dire ainsi, et qui veut mettre le comble à ses bienfaits en t'appelant à la perfection évangélique! Oui, je suis une heureuse mère... me plaindre serait de l'ingratitude. Qu'elles se plaignent, ces mères infortunées, dont les enfants vivent et meurent dans l'impiété, sans croyance et sans espoir; qu'elles pleurent amèrement, celles qui craignent de perdre leur fils pour l'éternité; mais moi je ne devrais verser que des larmes de joie; et si quelques regrets se mêlent à mes prières pour toi, Dieu me le pardonnera, car il sait bien que le cœur d'une mère est faible lorsqu'il s'agit du sacrifice de son enfant. Ton père partage tout mes sentiments; sa foi lui fait apprécier les miséricordes du Seigneur, mais sa tendresse l'émeut souvent.... il t'écrira sous peu de jours poûr te donner son consentement et ses conseils; en attendant, il t'assure par ma main de sa bénédiction et de ses prières.

» Occupe-toi donc, cher enfant, de la réalisation de tes pieux desseins; nous désirons que tu obéisses à l'appel du bon Dieu. Je vais travailler avec tes sœurs à augmenter ton trousseau; car te voilà éloigné de nous pour longtemps, peut-être pour toujours. Oui, pour toujours!... O mon Dieu! c'est votre volonté, et ce *toujours* de la terre sera de bien courte durée en comparaison de la céleste éternité.

» Adieu, mon Horace, prie pour nous comme nous prions pour toi, et pense quelquefois à ta mère qui t'embrasse et te bénit.

» Marie Didier. »

Lucile à son frère

« Maman me permet de t'écrire, cher Horace, et je hate de profiter de la permission. Oh! que ta lettre nous a causé de joie et de peine! Maman est devenue pâle comme la mort en la lisant, et elle s'est écriée : « Tout ce que je craignais arrive, oh! mon cher fils! » Papa a lu ta lettre à son tour, et après quelques instants de silence il dit : « Cela ne se peut pas. J'avais des projets pour l'avenir de mon fils; il faut qu'ils s'exécutent. » Notre pauvre mère, qui était toute faible et toute tremblante, a répondu : « Mon ami, nous parlerons de ceci à tête reposée, je voudrais aller prier le bon Dieu. » Et elle est allée dans son cabinet, où, comme tu le sais, se trouve un grand crucifix, au pied duquel maman fait tous les matins sa lecture et sa méditation, et devant lequel elle se prosternait lorsque, dans notre enfance, nous étions bien malades. Elle demeura là fort longtemps; j'allai plusieurs fois écouter à la porte, car j'étais toute inquiète : maman pleurait, et je l'entendais dire d'une voix entrecoupée : « Mon Dieu! est-ce votre volonté? faut-il, faut-il renoncer à mon enfant? je ne le verrai donc plus! Mon pauvre fils! Que votre volonté soit faite, Seigneur! Marie, Mère de douleur, priez pour moi, priez pour Horace.... »

» Chaque fois que je revenais, j'entendais la même prière, et je pensais, mon frère, à Notre-Seigneur au jardin des Oliviers, lorsqu'il répéta à plusieurs reprises la même oraison. Quand maman sortit de là elle était pâle mais très-calme; on servit le souper, elle nous engagea à manger, mais elle ne put toucher à rien. Lorsqu'on fut rassemblé autour du foyer, mon père dit encore : « Je ne consentirai pas à ce que demande Horace; il peut être bon chrétien dans le monde, et je veux jouir un peu de ses succès et de sa bonne réputation. » Alors, Horace, maman prit la parole et elle défendit ta cause; elle parla de Dieu, de sa grâce, de la reconnaissance que nous lui devons, de la soumission qui réclament ses adorables volontés; elle exhalta le bonheur du prêtre, la gloire du sacerdoce; elle dit même qu'elle s'estimerait bien heureuse d'avoir un fils dans le saint ministère, que c'était un de ses vœux secrets ; elle parla mieux qu'un prédicateur mais pour moi, mon cher frère, qui connais si bien sa voix, son geste, l'expression de ses yeux, il était évident qu'elle souffrait beaucoup, et qu'elle ne disait toutes ces belles choses que pour obéir à la volonté de Dieu et pour réconcilier papa avec ton projet. Elle n'y parvint pas dès le premier moment ; mais durant plusieurs jours, après avoir bien pleuré, bien prié à l'église ou devant son crucifix, elle allait trouver papa, elle lui parlait doucement, et d'un air si grave et si aimable que je ne l'oublierai jamais. Et cependant, j'en suis bien sûre, son cœur était brisé, mais elle voyait là un devoir, et tu sais quelle impression ce mot produit sur elle !

» Enfin notre père céda, mais pas sans peine : il était vaincu par les pieuses instances de notre mère, et il sacrifiait au pouvoir qu'elle exerçait sur son esprit, aux bonnes raisons qu'elle exposait à ses yeux, tous les désirs de fortune et d'avancement qu'il avait nourris pour toi. Ma mère a donc obtenu ce qu'elle voulait ou plutôt ce que voulaient sa foi et sa piété ; mais elle a bien pleuré, elle pleure bien encore d'avoir si parfaitement réussi.

» Pour moi, mon cher frère, je me réjouis et m'afflige tout à la fois ; la pensée du Ciel et de l'éternelle réunion me transporte, et le renversement de nos doux projets de la terre me désole. Prie pour moi, afin que, comme notre mère, je ne veuille plus que ce que Dieu veut.

» Adieu, cher et bon frère, aime-nous toujours.

» Ta sœur,

» LUCILE. »

« O Dieu ! s'écria Horace après avoir lu ces lettres, la vertu de ma mère a plaidé ma cause auprès de vous. Consolez-la maintenant que je la quitte pour vous suivre, et réunissez-nous un jour dans votre sein ! »

XVI

Le Séminaire

> D'où me vient, ô mon Dieu, cette paix qui m'inonde ?
> D'où me vient cette foi dont mon cœur surabonde ?
>
> LAMARTINE.

Quinze jours après Horace était installé au séminaire des Missions étrangères. Il avait rompu avec le monde, avec le passé, et commençait entre ces murs bénis la vie cachée en Dieu avec Jésus-Christ qui, désormais, devait être la sienne. L'étude et la prière occupaient ses calmes journées et nourrissaient à la fois son esprit et son cœur. Levé dès l'aube, il suivait le long des corridors la file de ses compagnons, qui, réveillés comme lui au son de la cloche vigilante, descendaient à la chapelle. La prière du matin se disait en commun ; et ce n'était jamais sans un charme inexprimable qu'Horace entendait ces belles pensées de la liturgie catholique, ces pressantes recommandations de l'homme qui se sent fragile au Créateur qu'il sait tout-puissant, ces admirables invocations des litanies, où l'on glorifie avec tant d'amour le Fils de Dieu, le soleil de justice, le Dieu fort, le Dieu patient, l'Auteur de la paix, le Père des pauvres, le Trésor des fidèles, le bon Pasteur, le Maître des anges, titres divers donnés à notre unique Ami. La méditation suivait la prière et précédait le saint sacrifice, et pendant ces deux grands actes de la vie spirituelle on ne cessait encore d'étudier les maximes de l'Evangile et la vie de son divin Auteur, afin de s'exercer de plus en plus à chérir cette loi sainte et à glorifier Celui qui nous l'a donnée. Souvent la messe était célébrée par un prêtre-missionnaire, revenue de quelque contrée lointaine, non pour demander à l'Europe le repos et les honneurs, mais pour solliciter quelques aumônes qui lui permissent de revoir sa chrétienté naissante et d'y élever un modeste temple au Dieu trop longtemps inconnu. Quelquefois les mains qui élevaient le saint calice avaient été mutilées par le fer des bourreaux; c'était un confesseur de la foi, qui ne regrettait qu'une chose : la couronne du martyre, de si près entrevue. Des évêques, pauvres, courageux et simples comme aux premiers jours de l'Eglise, s'asseyaient au milieu de ces jeunes gens, leur parlaient des peuples ignorés et barbares dont ils étaient les pasteurs, et leurs paroles brûlantes allumaient dans ces âmes un zèle inextinguible.

Au sortir de ces entretiens, on se disait, comme

autrefois les disciples d'Emmaüs : « A ces paroles, ne sentiez-vous pas votre cœur tout brûlant au dedans de vous?.... »

Mais l'étude était indispensable au succès de ces saintes vocations, des études sévères, profondes, qui eussent procuré à un homme la gloire et les louanges du siècle, et qui pourtant n'ambitionnaient ici-bas qu'un éternel oubli. A la théologie se joignait l'étude des langues, des idiomes divers, dont la connaissance pouvait seule ouvrir aux missionnaires les contrées païennes. Depuis les langues savantes de l'Asie jusqu'aux incomplets et pauvres dialectes des îles de la Nouvelle-Hollande, chaque idiome trouvait là un professenr pour l'enseigner, des dictionnaires, des grammaires pour en aplanir les difficultés, et des esprirs, pénétrants à force de zèle, pour s'en approprier le génie. La prière venait souvent soulager les âmes, les reposer sur ses ailes et les transporter un moment au ciel; car les maîtres et les élèves se souvenaient du bel axiome de Bacon : « La religion est l'aromate sans lequel toute science se corrompt. »

Les repas, la récréation comblaient les intervalles de ces journées si bien remplies; la nuit venue, on se réunissait aux pieds du tabernacle pour rendre grâces des dons reçus, recommander à la divine Bonté le chaste repos de la nuit, et célébrer la Mère des hommes, la douce Marie, par les suaves louanges des litanies. Horace répétait avec un indicible plaisir la poétique prière que l'Eglise met aux lèvres de ses enfants avant le sommeil : « Venez, céleste amour, et que votre brillant flambeau dissipe la nuit de mon ignorance. O amour! éclat et beauté de toutes les vertus, dardez vos rayons dans mon cœur, afin que je vous voie dans votre lumière, ô Lumière éternelle! »

Il s'endormait dans ces religieuses pensées, heureux du jour passé, tranquille sur l'avenir et abandonné comme un petit enfant aux bras de la Providence. L'atmosphère qui l'entourait n'était que foi, piété, dévouement, amour; on sentait palpiter entre ses murs religieux le souvenir des hommes qu'y s'y étaient formés à la vocation apostolique; les jeunes élèves s'y entretenaient de leurs plus chers condisciples, tels que l'aimable et pieux Borie, dont le sang venait d'arroser une terre idolâtre[1]; Lamotte, prisonnier de Jésus-Christ[2]; Joseph Jame[3], l'humble missionnaire dont les vertus avaient répandu un si suave parfum; et tant d'autres, prêtres et apôtres, les uns encore vivants sur la terre, les autres déjà couronnés dans les cieux. Ces traditions de famille, si vives, si récentes, al-

[1] Mgr Borie, évêque nommé d'Acanthe, fut martyrisé au Tong-Ring, le 3 janvier 1833.

[2] M. Lamotte y mourut en prison.

[3] M. Jame est mort à Pondichéry, en 1835, en odeur de sainteté. (Voir les *Annales de la Propagation de la Foi*, ainsi que les biographies de ces saints apôtres.)

laient au cœur des jeunes gens qui les écoutaient ; la vertu leur paraissait plus facile et plus touchante lorsqu'elle s'offrait sous l'image d'hommes de leur temps, de leur âge, de leur condition, et qui avaient su la pratiquer dans le monde où ils vivaient eux-mêmes, parmi les mêmes obstacles, les mêmes dangers, les mêmes tentations, les mêmes mœurs ; parlant la même langue, respirant le même air. Quelle excuse pouvait rester à la faiblesse en présence de ces illustres exemples ? et comment ne pas se redire la parole du saint évêque d'Hippone : « Pourquoi ne ferais-je pas ce que ceux-ci ont fait ? »

Tels étaient les sentiments d'Horace, qui se dégageait de plus en plus des pensées du siècle et des courts égarements de sa jeunesse.

Plusieurs années s'écoulèrent également calmes ; Horace franchit peu à peu les degrés qui mènent au sacerdoce, s'élevant de vertus en vertus par la perfection des œuvres de chaque jour, et il parvint ainsi au jour tant désiré de l'ordination.

Les aspirants au sacerdoce étaient devant l'autel, vêtus d'aubes blanches ; comme ces confesseurs que saint Jean nous montre toujours debout devant le trône de l'Agneau. Horace se trouvait parmi ses frères ; avec eux, il venait de se prosterner sur les dalles du temple, proclamant à haute voix qu'il choisissait le Seigneur pour sa part et son héritage ; avec eux, il s'était approché du prélat ; il avait reçu l'imposition des mains, le pouvoir de lier et de délier les péchés, et le pouvoir plus redoutable encore de consacrer le Corps et le Sang de Jésus-Christ. Il avait d'une voix ferme renoncé trois fois au monde et aux pompes du siècle, et son cœur avait battu de joie en se donnant pour jamais au Dieu qu'il aimait uniquement. La messe commença; les nouveaux prêtres s'unirent à l'archevêque dans les saintes oraisons; avec lui, ils entonnèrent le *Credo*, la profession de foi des apôtres dont ils étaient appelés à suivre les traces; avec lui, ils touchèrent les vases sacrés, dépositaire du Corps et du Sang du Sauveur, et usant pour la première fois d'un droit auguste, ils se communièrent de leurs propres mains, et touchèrent, avec un saint tremblement, le pain devenu chair, la coupe renfermant le sang, rançon du monde. Un grand nombre de fidèles attendaient la sainte communion; le prélat descendit les marches de l'autel, suivi de ses acolytes, au nombre desquels se trouvait Horace; il commença à distribuer le Pain sacré aux âmes qui désiraient s'en nourrir. Les yeux baissés d'Horace tombèrent sur un groupe de personnes à genoux à la table eucharistique, et des larmes soudaines inondèrent ses joues : il avait reconnu son père, sa mère et ses sœurs! Il les revoyait pour la première fois depuis plusieurs années, et c'était peut-être à la veille d'une séparation éternelle; son premier embrassement serait aussi le baiser de l'adieu, de l'adieu sans retour !

Il reporta cette pensée à l'autel, élevant vers Dieu son cœur que les tendresses de la terre venaient briser, et répétant comme autrefois sa mère : « Que votre volonté soit faite ! » Et il redisait avec plus d'ardeur encore : « Vous êtes ma part et mon héritage, ô mon Dieu ! vous êtes mon père et ma mère, vous me tiendrez lieu de tout ! » .

Une heure après, toute la famille était rassemblée dans un parloir des missions étrangères ; les vieux parents regardaient avec une joie inquiète leur fils revêtu des livrées du sacerdoce ; ils regardaient avec une sorte de respect son noble visage, doux et spirituel comme autrefois, mais rendu plus calme, plus serein, plus touchant, par une expression de recueillement. Pour lui, il regardait son père et sa mere, ces bien-aimés de son cœur, comme pour graver leurs traits au fond de sa mémoire ; il se complaisait au sourire, à la gaieté affectueuse de ses sœurs, et se disait tout bas : « Au moins ils ne seront pas seuls quand je serai parti pour ne plus revenir ! »

Presque tout le jour s'écoula dans ces doux épanchements. Vers le soir, Horace dit à sa famille :

« Demain je connaîtrai le lieu de ma destination. »

Personne n'osa répondre ; Mme Didier seule, après un long silence, dit d'une voix étouffée :

« Nous ne saurions payer trop cher l'honneur que tu as reçu aujourd'hui. »

Le lendemain Horace célébra sa première messe sous les yeux de ses parents attendris ; mais à la consécration, en même temps que la Victime propice, descendue sur l'autel, il faut au Seigneur son propre sang, sa propre vie ; car il était envoyé au Tong-King, pays qui ne doit son illustration qu'au sang des martyrs dont il s'est vu arrosé. Les vœux du jeune prêtre, ses vœux ardents confiés à Marie, étaient exaucés : il allait entrer dans la carrière laborieuse de l'apostolat, et il osait espérer la grâce du martyre, quoique son humilité s'effrayât à la pensée d'un tel honneur. On voit que Horace avait pleinement embrassé *la folie de la Croix* et qu'il s'était pénétré de ce mystère adorable dont la charité lui avait découvert les secrets.

Avant de quitter Paris, il alla une dernière fois visiter la pauvre Agathe, et en fut accueilli avec une joie affectueuse, qui se transforma en douleur lorsque la bonne vieille apprit que ce cher bienfaiteur allait partir pour aller au bout du monde. Elle pleura amèrement sans écouter les paroles consolantes qu'Horace lui adressait ; et quand il se leva pour partir, elle se jeta à ses pieds en disant :

« Cher monsieur, donnez-moi votre bénédiction! Vous m'avez été envoyé par le bon Dieu lui-même ; toutes ses grâces me sont venues par votre entremise, bénissez-moi, et priez pour que je fasse une bonne mort, et que l'orphelin de ma pauvre fille devienne un honnête homme et un bon chrétien. »

Le jeune prêtre, profondément ému, obéit et leva la main en invoquant Dieu pour l'humble femme prosternée devant lui. Lorsqu'elle se fut relevée, il lui dit :

« Je prierai pour vous tous les jours de ma vie, je le dois, car vous avez contribué à sauver mon âme ; à votre tour, priez pour moi, afin que je réponde aux grâces du Seigneur... Maintenant, adieu, bonne Agathe ; que Dieu et ses anges soient avec vous ! »

Trois semaines après, Horace, entouré de sa famille, se trouvait sur le tillac du vaisseau qui devait l'emmener ; on était en rade de Brest. Les parents avaient voulu suivre leur fils jusque-là, et le moment de la séparation arrivé, ils lui faisaient leurs derniers adieux. M. Didier soutenait sa femme, dont les forces trahissaient la volonté ; les deux sœurs pleuraient sans pouvoir arrêter leurs larmes ; le jeune missionnaire était très-pâle, et les gouttes de sueur qui mouillaient ses tempes, le tremblement de ses mains, témoignaient de ce qui se passait dans son âme. Personne n'osait parler. Le capitaine s'approcha enfin du groupe désolé, et il dit à voix basse : « Nous allons appareiller.

— Chère amie, dit M. Didier, il faut....

— Partir ! partir ! et ne plus le voir ! s'écria la pauvre mère.

— Mon père, ma mère, dit Horace, pardonnez-moi les peines que j'ai eu le malheur de vous causer, et daignez me donner votre dernière bénédiction. »

Sans pouvoir parler, ils posèrent leurs mains sur le front baissé du jeune prêtre.

« Que Dieu vous accorde, ainsi qu'à vous, mes chères sœurs, ses grâces et son amour, et qu'il nous réunisse dans un monde meilleur. Adieu, mes bien-aimés parents, adieu, mes sœurs, nous nous reverrons.... »

Sa mère, son père l'embrassèrent encore une fois, et Mme Didier eut la force de dire :

« Je te recommande à Dieu, mon fils... mon Horace, sois heureux ! »

Son mari l'emporta presque évanouie ; suivie par ses filles en pleurs. Horace vit la chaloupe qui les emmenait ; il la suivit longtemps, et se tournant vers le capitaine, il lui dit : « L'amertume de la mort est passée. »

Pendant tout ce jour, et même le lendemain matin, la famille du voyageur suivit au loin les voiles blanchissantes du navire ; enfin, on ne vit plus qu'un point noir, puis rien que la mer immense, et Mme Didier dit à son tour :

« Le sacrifice est accompli.... que votre volonté soit faite, Seigneur ! je ne reverrai plus mon enfant ici-bas.... »

XVII

Le Missionnaire

Qu'ils sont beaux les pieds de ceux
qui annoncent l'Evangile de paix!
ROM. X. 15.

La terre de France était loin ; la mer déroulait sa plaine onduleuse aux yeux des voyageurs, et le jeune prêtre envoyait un dernier adieu à ses parents chéris, à sa douce patrie. Oh ! qu'il faut aimer Dieu pour la quitter, cette terre où tant de vertus consolent de quelques erreurs, cette terre chrétienne, éclairée d'une si pure lumière, où tant de cœurs palpitent pour la vérité, la charité, les œuvres saintes ; où le génie rencontre tant d'admiration, et la vertu tant de sympathie ! Qu'il faut aimer Dieu pour quitter cette terre favorisée, afin de porter à quelques barbares une parole de foi, un rayon d'espoir illuminant leur profonde nuit ! D'autres, il est vrai, traversent les grandes mers, mais ils vont demander aux peuples de l'aurore ou du Nouveau-Monde les richesses, objet de leur ambition. Le missionnaire n'a qu'une ambition et qu'une richesse, c'est Dieu ; et lorsqu'il comparaîtra devant le Juge incorruptible, il pourra dire avec vérité : « Seigneur, je n'ai cherché que vous, j'ai tout quitté pour vous suivre ! »

On toucha enfin à Macao, où quelques prêtres français, sentinelles avancées du christianisme, vinrent recevoir le jeune missionnaire, qui fut rempli de la plus douce joie en retrouvant à plus de six mille lieues de sa patrie des compatriotes et des frères dans le sacerdoce. Lorsqu'ils furent assis à la table hospitalière, l'un d'eux s'adressant à Horace, lui dit : « Mon cher confrère, vous allez donc au Tong-King ?

— Je l'espère.

— C'est une grande grâce qui m'a été refusée et dont je vous félicite.

— C'est le plus beau poste de la chrétienté ! s'écria avec enthousiasme un des convives. L'apostolat et peut-être le martyre !

— La persécution dure toujours ?

— Toujours. La religion commençait à prendre racine dans ces contrées, où malheureusement elle rencontre tant d'obstacles dans la mollesse du climat et le caractère indécis et sensuel du peuple, lorsque le roi actuel, Minh-Mênh, monta sur le trône, et dès le début de son règne, on pressentit ses intentions funestes. Bientôt la persécution se montra au grand jour, avec les caractères qu'elle a toujours eus depuis Néron jusqu'à ce souverain barbare d'une contrée presque ignorée. Railleries, sophismes, corruption des faibles, oppression des forts, questions captieuses, invitations à l'apostasie, tortures sanglantes, affreuses prisons, massacre des chrétiens par le glaive, rien n'y a manqué, et j'ose dire que le courage, le don de force, le don de sagesse n'ont pas manqué non plus aux nouveaux confesseurs ; l'Eglise, une fois de plus, a pu montrer aux incrédules la vérité dont elle est dépositaire, scellée por le sang des témoins qui se font égorger !

Nous avons recueilli en Europe le nom de ces témoins : Cagelin [1], Marchand [2], Borie [3]....

— Et ces généreux catéchistes, ces prêtres indigènes, si brillants par l'innocence de leur vie et la gloire de leur martyre !

— Quelle auréole pour l'Eglise catholique, la seule Eglise qui possède des martyrs !

[1] M. Gagelin fut étranglé en 1833.

[2] M. Marchand subit d'affreux supplices et fut enfin coupé en morceaux en 1835.

[3] Mgr Borie périt par l'épée. Cinq cents chrétiens furent éventrés. Des vierges, des enfants montrèrent dans les tourments un inexprimable courage. Nous avons cru qu'on lirait avec quelque intérêt ces trop courts détails sur des faits passés de nos jours et trop généralement ignorés. Plus tard, on put ajouter à cette liste glorieuse le nom de M. Perboyre, missionnaire lazariste, qui, après avoir été flagellé, marqué au visage d'un fer rouge, fut étranglé le 11 septembre 1840.

— Ah ! mon cher confrère, ajouta un des prêtres en serrant la main d'Horace, vous êtes bien heureux !

— Plus heureux que digne, répondit le jeune prêtre avec un sourire, Dieu est bien bon ! »

Dès le lendemain, le jeune homme voulut partir; la conversation que nous avons rapportée enflammait son courage ; et chaque moment perdu lui semblait dérobé aux intérêts de son Dieu. Il fallut céder à son ardent désir, et les missionnaires lui trouvèrent un guide qui pût le conduire à travers les états d'un roi soupçonneux, parmi des populations païennes, jusqu'à la province du Tong-Kin occidental, où il devait se rendre. Ce voyage eut lieu non sans péril, et Horace arriva enfin dans cette contrée tant désirée, où un autre missionnaire, déjà vieux, l'accueillit comme un fils et l'initia aux mœurs du pays. Aidé par une grâce surnaturelle qui secondait la force de sa volonté, il se rendit bientôt familières ces coutumes étrangères; il se plia aux usages, à la langue, au caractère de ces peuples, se faisant, ainsi que l'a recommandé le Maître des gentils, *tout à tous*. Sa vie était active et pauvre comme celle des apôtres : il allait de bourgade en bourgade, escorté d'un seul catéchiste, s'arrêtant là où se trouvaient des chrétiens, pour leur prêcher le royaume de Dieu, entendre leurs confessions et leur rompre le Pain de vie. Il rencontrait souvent de pieuses bonnes fortunes qui, à elles seules, auraient suffi pour lui faire oublier ses peines et ses fatigues : tantôt c'était un vieillard qui, depuis trente, quarante, cinquante ans même, n'avait pas vu de *maître de religion*, et qui, transporté de bonheur, faisait au jeune missionnaire l'aveu des fautes de sa vie, et se préparait, plus calme, au dernier et sombre passage; tantôt c'était un païen qui, attiré par la grâce, converti peut-être par les touchantes exhortations d'une femme ou d'une sœur, venait incliner son front sous les eaux du baptême; quelquefois c'était un pauvre enfant idolâtre, jeté à la dent des pourceaux par une mère cruelle, recueilli, comme autrefois Moïse, par une vierge chrétienne, et qui recevait des mains du missionnaire le sacrement de la régénération. Plus d'une fois, il était arrivé à Horace de sauver des flots de frêles nouveaux-nés mourants et qui expiraient entre ses bras après avoir reçu le gage d'une meilleure vie. Presque tous les voyages du missionnaire se faisaient par eau et la nuit, à cause du danger prochain de la persécution; la barque légère, conduite par des chrétiens, suivait les sinuosités d'une rivière ou les bords paisibles d'un canal, par des nuits calmes et silencieuses: le vent effleurait à peine la surface des rivières. Ces moments étaient les seuls que le missionnaire pût donner au repos et à la réflexion; car durant le jour, son temps ne lui appartenait jamais : il appartenait à ces âmes que, de si loin, Horace était venu chercher, et qui, nombreuses, répandues sur un immense territoire, n'avaient parfois pour les besoins de leur culte, que le ministère d'un seul prêtre. Un seul prêtre ! ô pénible disette, qui stimulait le zèle des généreux soldats que Dieu avait appelés à ce poste difficile, et qui donnait surtout de nouveaux aliments à cette dévorante ardeur dont Horace était animé !

Un jour qu'il avait rassemblé autour de lui les fidèles d'une petite chrétienté, et qu'avec une patience angélique, il leur répétait les points fondamentaux du christianisme, il s'aperçut et s'inquiéta de l'absence de son catéchiste. Au bout d'une heure. celui-ci revint, pâle et l'air agité : il s'approcha du prêtre et lui dit d'une voix tremblante : « Père, vous n'êtes plus en sûreté : le roi vient d'envoyer un nouveau mandarin dans la province, on va sévir contre les chrétiens : votre signalement est donné, et votre personne mise à prix. Je viens d'entendre publier l'édit au prochain. »

Le missionnaire leva au ciel ses yeux rayonnants de ferveur :

« Dieu soit béni ! s'écria-t-il, et béni soit tout ce qui vient au nom du Seigneur !

— Il faut fuir ! on va venir vous chercher. Tous les chrétiens du village seront arrêtés et mis à la torture....

— En ce cas, il faut fuir.... préparez notre départ... »

Horace se rassit au milieu de son troupeau, qu'il entretint, avec un calme et un enthousiasme surnaturels, de la divinité du catholicisme et du prix qui attend la foi constante et généreuse. Lorsqu'il fut sur le point de partir, tous pleuraient, lui seul était tranquille et content, et il s'éloigna, dans les ténèbres de la campagne, après avoir souhaité à tous la paix de Jésus-Christ.

XVIII

La persécution

Ne craignez rien de ce qu'on vous fera souffrir... Soyez fidèle jusqu'à la mort, et je vous donnerai la couronne de vie.
APOC. II. 10.

Pendant plusieurs semaines, Horace, suivi de son fidèle catéchiste, erra dans les solitudes de cette malheureuse contrée, livrée aux horreurs d'une affreuse persécution. En butte aux investigations les plus actives, il devait fuir tantôt au sommet des hautes montagnes, quelquefois se cacher dans l'eau bourbeuse des rivières, tantôt se mêler à la foule dans les villes populeuses, ou parcourir les hameaux écartés, ou se blottir dans la pauvre jonque d'un pêcheur chrétien. Dans le silence de ses pensées, il voyait la vie comme un pèlerinage, le monde entier comme un lieu d'exil, et il se représentait Jésus-Christ, le Maître et le Modèle des apôtres, parcourant les bourgades de la Judée, se retirant dans la solitude, montant sur la barque de Pierre, tantôt pour évangéliser les pauvres, tantôt pour fuir les méchants. Les saints prophètes qui ont précédé et prédit le Messie, les apôtres, les saints qui l'ont suivi, n'ont-ils pas traîné leur existence sur le sommet des montagnes, dans la profondeur des vallées, dans l'obscurité des souterrains, *eux dont le monde n'était pas digne?*.... Horace s'estimait heureux de former un nouvel anneau de cette grande chaîne de prophètes, d'apôtres et de missionnaires, de cette chaîne qui embrasse tous les lieux et s'allonge à travers tous les siècles; il voyait son nom écrit parmi ceux des prédicateurs de la bonne nouvelle, et, s'il était fidèle, sa place marquée au ciel dans leurs rangs. Pauvre, dénué de tout, loin de sa patrie, exposé à d'affreux périls, il était heureux : la terre de son exil était aussi au Seigneur; il y retrouvait dans la nature toujours belle, des marques sensibles de la bonté et de la grandeur de Dieu; il éprouvait dans sa pauvreté l'exactitude des paroles de l'Evangile : « Quand je vous ai envoyés sans or et sans argent, sans besace et sans bâton, prêcher dans les bourgs et les bourgades, vous a-t-il manqué quelque chose? » La Providence suffisait au modeste nécessaire de chaque jour. La solitude même n'existait pas pour le jeune prêtre : il sentait Dieu toujours présent, présent autour de lui par une protection constante, présent au dedans de lui, dans le sanctuaire de la conscience, par la paix profonde d'une intelligence rassasiée de la Vérité infinie, par une espérance divine où tous les désirs de la terre venaient s'éteindre, et qui s'élançait déjà dans les mystères de l'éternité; par un indicible amour dont l'âme s'abreuvait à longs traits; par la jouissance de la Divinité conversant avec la créature comme un ami avec son ami, et devenant sa joie, son bien, son aliment incompréhensible. Ce bonheur du juste remplissait le cœur d'Horace, et lorsqu'il songeait à ses parents et à ses sœurs, seuls objets qu'il chérît encore ici-bas, ce n'était pas sur la terre qu'il entrevoyait leur réunion, mais sur les doux et paisibles rivages de l'éternité.

Poursuivi, traqué de toutes parts, il tâchait encore de travailler à la vigne dont le soin lui était remis; parfois même, il célébrait le saint sacrifice dans la maison de quelque chrétien fidèle; dans ces doux moments, il lui semblait que les saints confesseurs qui ont arrosé de leurs sueurs et de leur sang les terres idolâtres, s'inclinaient vers lui, l'appelaient à eux, en lui tendant les palmes glorieuses qui fleurissent au ciel.

Cette attente et ces désirs ne furent pas trompés. Un jour, au moment où le jeune prêtre descendait de l'autel, sa maison fut envahie par une troupe de gens armés; la résistance eut été impossible, et, les yeux au ciel, l'âme sereine, Horace se livra aux mains de ses ennemis.

Chargé de lourdes chaînes, on le conduisit dans une de ces affreuses prisons que les Chinois appellent énergiquement les *vestibules de l'enfer*. La faim, la soif, le mauvais air, le poids des entraves, tout y contribue à rendre la position du prisonnier intolérable; mais combien Horace fut loin de s'en plaindre! avec quelle joie il supportait ce long martyre, qui demandait, non l'héroïsme affrontant la mort en plein soleil, mais la patience, vertu obscure et forte, d'autant plus grande qu'elle est plus cachée. De jour en jour il espérait comparaître devant le tribunal païen et confesser sa foi au prix de son sang; mais ses vœux ne furent pas exaucés. De longs mois s'écoulèrent, mois de souffrances, d'abandon, de désolation pour la nature. Horace espérait toujours la gloire du martyre, et son œil affaibli scintillait lorsqu'un geôlier parlait, en raillant, des chrétiens qui, tous les jours, paraissaient devant les juges. Un cœur moins humble eut peut-être murmuré d'une si longue attente; mais Horace ne savait rien que s'abandonner à la Providence toujours sage, toujours fidèle. Enfin, il crut toucher au terme de ses vœux; on annonçait le retour du mandarin, qui venait de visiter la province, et le geôlier dit au captif :

« Ton tour va venir!... »

Horace sourit, et, se tournant vers un prêtre annamite, prisonnier comme lui, il dit : « Vivraije pour cette gloire ? je n'ose l'espérer... je me sens si faible ! »

Le prêtre le regarda et fut effrayé, tant le jeune homme semblait épuisé. De longues souffrances, l'ardeur d'un climat dévorant avaient consumé cette jeune vie, elle s'exhalait comme l'encens offert au Très-Haut, elle s'exhalait dans la prière et les saintes affections. La nuit se passa ainsi. Au lever de l'aube, Horace appuyé sur la poitrine de son compagnon de captivité, qui venait de l'absoudre, regarda le ciel par l'étroite lucarne de la prison, et sourit doucement, disant :

Je me suis réjoui, car on m'a dit : Nous allons en la maison du Seigneur....

Le prêtre le regarda : il était mort.

On trouva sur lui des tablettes que l'on envoya à ses parents ; elles contenaient ces mots :

« MES BIEN-AIMÉS PARENTS,

» Je suis en prison, et je vais mourir ; j'espère aller au ciel, puisque j'ai souffert ici-bas pour mon Dieu. Vous serez tristes.... Consolez-vous par la pensée de mon bonheur et par celle de notre prochaine réunion. Que le Seigneur est bon ! je repasse ma vie, et je vois qu'un petit acte de charité a été le point de départ de ma sainte vocation et de mon bonheur éternel.... Que les enfants de mes bonnes sœurs soient charitables, c'est *la Planche de salut*.... Adieu, chers et bons parents, bénissez-moi, priez pour moi qui vous aime. »

H. D.

FIN

TABLE

— LILLE. TYP. L. LEFORT. M D CCC LXVI —

www.ingramcontent.com/pod-product-compliance
Lightning Source LLC
LaVergne TN
LVHW012008220826
846092LV00001B/280
9782329777757